정신분석 시인의 얼굴

권성훈 지음

∑ 시그마프레스

정신분석 시인의 얼굴

발행일 2015년 4월 1일 1쇄 발행

지은이 권성훈
발행인 강학경
발행처 (주)시그마프레스
디자인 우주연
편집 류미숙

등록번호 제10-2642호
주소 서울특별시 영등포구 양평로 22길 21 선유도코오롱디지털타워 A401~403호
전자우편 sigma@spress.co.kr
홈페이지 http://www.sigmapress.co.kr
전화 (02)323-4845, (02)2062-5184~8
팩스 (02)323-4197

ISBN 978-89-6866-246-1

이 도서의 국립중앙도서관 출판예정도서목록(CIP)은 서지정보유통지원시스템 홈페이지(http://seoji.nl.go.kr)와 국가자료공동목록시스템(http://www.nl.go.kr/kolisnet)에서 이용하실 수 있습니다.(CIP제어번호 : CIP2015009005)

우 리는 자신의 진짜 얼굴을 한 번도 본 적이 없다. 매일같이 거울을 보며 거울 에 비친 모습이 자신인 줄 알고 살아간다. 쉬지 않고 반복되는 이 행동은 살아 있음을 검증한다. '보는 것이 아는 것'이라는 믿음은 불확실한 시각에 의해 형성되는 이미지로 시인들로 하여금 나르시시즘적인 자화상을 창작하게 하는 욕망이었다. 이러한 욕망 의식은 프로이트의 정신분석에 대한 무의식 이론의 확산으로 라캉의 언어의 세계인 상징계에 이르러 전도되었다.

라캉의 정신분석은 주체의 분열에서 온다. 주체의 분열을 인식하는 주체는, 거울 단계라는 오인의 구조를 바탕으로 한 세계다. 거울 단계, 상상계를 지나는 주체는 아버지의 법과 질서의 세계인 언어의 세계, 상징계로 들어서게 되면서 상상계적 믿음이 오인인 것을 인식하게 된다. 그래서 욕망이 대상을 향하는 단계가 상상계이고 그 대상을 얻었을 때, 욕망이 완성되는 것이 아니라 어긋나 버리는 단계가 상징계다. 상징계는 욕망의 대상(object-cause)으로서 존재하며, 이것이 지속되는 것이 실재계가 된다. 충족할 수 없는 욕망을 다시 부르게 되는 이 차액을 '오브제-a(object-a)'라고 한다.

시인의 자화상도 그러하다. 자신의 진짜 얼굴을 보고 싶은 욕망에서 비롯된 자화상은 시인의 내적·외적 얼굴을 언어로서 형상화한다. 그렇지만 언어에 비친 자신은 시인의 상상계에서 생성된 기호 이미지일 뿐 자신이 아니라는 것을 알고 상징계의 언어의 세계에서 또 자아를 욕망하며 그 차액을 한편의 시로 남기는 줄도 모른다.

이 책을 통해 '보는 것이 아는 것'이 아니라 '아는 것만큼 보인다는 것'을 깨닫는

계기가 되었으면 한다. 또한 이 책에 수록된 자화상들이 자신의 분열된 정체성을 무의식에서 불러 모으는 데 도움을 줄 것으로 기대한다. 독자들이 시인의 무의식을 나의 의식으로 보는 것이 아니라 나의 무의식에서 시인의 무의식을 읽어 낼 때 욕망의 대상과 원인이 닮았다는 것을 인식하였으면 좋겠다. 그렇다면 비로소 우리는 '바라보는 시선'에서 '바라보는 시선을 응시하는 성숙한 내면'의 자신을 만나게 될 것이다. 이 책에서 한용운(1879년)에서 이승하(1960년)에 이르기까지 100여 명의 조각난 시인의 얼굴을 마주할 수 있다. 이 얼굴은 제각기 다르게 나타나며 다양하게 말을 걸어온다. 그렇지만 독자가 이 글의 시인들이 말을 하기 전에 먼저 말을 걸어 준다면 여기 실린 시인들은 행복해할 것이다.

이 책은 2012년 9월 2일부터 2014년 8월 24일까지 2년간 경인일보에서 매주 월요일 「시인의 얼굴」이라는 제목으로 연재하였던 글을 모아 집필한 것이다. 지면을 허락해 주신 경인일보사에 감사드리며, 특히 매회 원고를 꼼꼼히 살펴 주신 당시 문화부 심영미 부국장(광고국 국장)님께 고마움을 전한다.

차례

PART 1

프로이트 정신분석

무의식에는 무엇이 존재하는가

정신분석이란

　지그문트 프로이트(Sigmund Freud, 1856~1939)는 오스트리아의 정신과 의사로서 최초로 발견한 무의식을 통해 정신분석 이론을 수립하여 정신의학 분야뿐만 아니라 현대의 문화와 예술 전반에 막대한 영향을 미쳤다. 정신분석은 우리가 인식하는 의식 세계가 아니라 생각과 행동에 막대한 영향을 미치는 '무의식'의 세계를 탐구해서 해결하지 못하던 마음의 병을 치유할 수 있다고 했다.

　프로이트의 정신분석은 정신장애의 원인이 기능적인 것에서 발생한다고 주장했다. 외부 세계에서 좌절된 욕구들이 무의식에 억압된 채로 쌓이면, 해소되지 못한 좌절된 욕구로 인해 무의식에서 갈등을 일으킨다는 것이다.

　예컨대 과거에 너무 아프고 괴로워 의식적으로 용납하기 힘든 경험은 무의식의 영역에 갇혀 있지만 완전히 사라지지 않고 무의식에 가라앉은 채, 다양한 형태로 의식 세계에 영향을 미친다. 그것은 의식 표면에 감정이나 환상이라는 변형된 상태로 나타나서 의식과 행동에 영향을 미치며 일종의 '증상'이 된다고 믿었다.

　프로이트는 환자를 무의식을 기초로 한 정신분석 방법을 자유연상법(Free Association)과 꿈 분석(Interpretation of Dream)과 최면분석(Hypnosis Analysis) 등으로 발전시켰다. '자유연상법'은 내담자를 편안하게 앉히고 눈을 감겨서 아무런 생각을 하지 않도록 유도하고, 조용히 떠오르는 것을 말하게 하여 무의식에서 사건의 원인을 찾아내는 분석법이다. '꿈 분석 방법'은 내담자가 꾼 꿈을 분석하여 무의식에 어떤 문제가 있는지 파악하는 것이다. 꿈이라는 것은 모든 사람들이 잠을 잘 때 꾸지만 잠에서 깨고 나면 자신의 꿈을 기억하는 사람과 기억하지 못하는 사람이 있다. 이때 전자는 정신건강이 좋지 못한 사람이고, 후자는 정신이 건강한 사람으로 보았다. '최면분석 방법'은 경험한 사건을 최면 상태에서 회상하도록 하는 것인데, 무의식에서 구체적인 기억을 되살려 그 사건과 함께 느낀 정서를 재경험하게 하여 과거의 경험을 객관적으로 사고하게 하고 좋은 방향으로 암시를 주어 회복하게 하는 기법이다.

프로이트의 지형학적 모델과 구조적 모델

지형학적 모델

초기 프로이트 이론의 성격 구조로서 인간의 마음을 의식, 전의식, 무의식으로 구분하여 하나의 지도로 개념화하여 사람의 마음을 표층에서 심층까지 세 부분으로 나누어 의식계, 전의식계, 무의식계로 설명하고 있다.

의식계(Consciousness) : 정신의 가장 표층에 있으며 외부 세계나 신체 또는 정신 내부에서 자극을 지각하는 의식은, 주관적인 경험 현상으로서 언어와 행동을 통해서만 인식할 수 있다.

전의식(Preconsciousness) : 의식과 무의식 사이에 위치하며 근간 외부 세계에서 발생했던 의식으로서 집중하면 기억할 수 있는, 전의식은 무의식에서 억압되지 않은 감각적 정신 현상이다.

무의식(Unconsciousness) : 정신의 가장 심층에 있으며 직접 인식할 수 없지만 행동을 결정하는 주된 요인으로 대부분의 정신을 차지하며 과거의 의식적 사고와 행동이 머물러 있다.

구조적 모델

후기 프로이트 이론의 성격 구조로서 인간의 마음을 원초아, 자아, 초자아로 구분하여 하나의 지도로 개념화한 모델이다. 이 중 원초아의 전부, 초자아의 대부분, 자아의 상당 부분은 의식되지 않고 무의식 속에 존재한다고 믿었다.

본능(Id) : 본능적으로 성적이고 공격적인 충동으로 쾌락원칙(Pleasure Principle)을 동반한다. 고통은 최소화시키며 쾌락을 최대화시키려는 속성으로서 참을성 없이 즉각적 만족을 구하고자 하는 특성이 있다. 법, 규칙, 질서도 따르지 않으며 본능에 따라 움직이는 에너지다.

자아(Ego) : 외부 세계와 내부 세계를 중재하며 본능에서 발달한 에너지에 대한 갈등을 조절하는 기능이 있다. 현실원칙(Reality Principle)을 통해 원초아를 통제하며 충동을 억제하고 현실과 환상을 구분하여 충동이 의식 밖으로 출현하지 않게 한다.

초자아(Super Ego) : 마지막으로 발달하는 성격 체계로서 법과 질서가 인정하는 도덕적 기준에 따라 기능한다. '양심'과 '자아 이상'을 하위 체계로 두고 자아와 원초아를 통제하며, 자아와 함께 본능적인 행동을 제한하는 역할을 하는 반면 사회의 가치와 도덕성을 강조한다.

프로이트의 성격발달 이론

프로이트의 성격발달 이론은 구강기, 항문기, 남근기, 잠복기, 생식기 등 5단계로 나누어진다. 성격발달 이론의 세 가지 원칙으로는 정신적 활동이 이전의 행동이나 사건에 의해 결정된다는 '정신적 결정론'과 인간 행동은 무의식에 의해 발생된다는 '무의식론', 본능적인 성적 에너지인 '리비도론'으로 구분했다. 프로이트의 리비도(libido)는 원초아가 갖고 있는 생물학적인 본능으로서 성격발달에 '성적 에너지'가 가장 많은 영향을 준다고 하였다.

1단계 구강기(0~1세) : 아기가 태어나서 처음으로 성적 쾌감을 느끼는 곳이 구강이며, 이 시기에 엄마가 젖을 제때 주면 서로 간에 애착이 형성되지만, 엄마가 수유를 제대로 하지 않으면 서로 간에 불신이 생겨나게 된다.

2단계 항문기(1~3세) : 리비도가 항문에 집중되어 있는 시기로 주로 대변을 배설하는 데서 쾌감을 느끼는 시기로서 배변 훈련에 지나치게 엄격하면 지나치게 인색하고 완고한 성격이 된다.

3단계 남근기(3~6세) : 리비도가 아동의 성기로 집중되는 때이며 오이디푸스 콤플렉스(Oedipus Complex), 엘렉트라 콤플렉스(Electra Complex)가 나타나는 시기로서 이때 고착이 발생하면 경솔하거나 과장이 심해진다.

4단계 잠복기(6세~12세) : 리비도의 신체적 부위가 특별히 한정되지 않고 성적인 에너지가 잠재된 시기로서 에너지는 신체의 발육과 성장, 호기심과 지적인 활동, 친구와의 우정 등에 집중되어 성적인 관심은 줄고 자아, 초자아가 생겨난다. 이 시기에 고착이 발생하면 성인이 된 후 동성과 이성에 대한 정신적인 친밀감이 떨어진다.

5단계 생식기(13세 이후) : 이성에 대한 관심과 성적 에너지를 직접적으로 표출하는 임신이 가능한 시기로서 성격발달 단계 중에서 그 기간이 가장 긴 시기다.

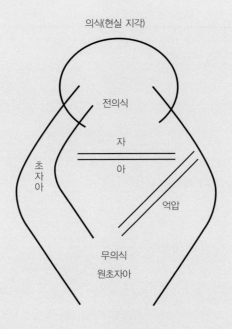

의식(현실 지각)

전의식

자

아

초자아

억압

무의식

원초자아

에로스와 타나토스

프로이트는 인간 본능을 서로 반대되는 에로스(Eros)와 타나토스(Thanatos)의 대립으로 설명했다. 자기 보존적 본능과 성적 본능을 합한 삶의 본능을 에로스라 했고, 공격적인 본능으로 구성되는 죽음의 본능을 타나토스라고 불렀다. 삶의 본능에서 성격발달에 가장 큰 영향력을 발휘하는 것이 성 본능인데, 여기에 내재하는 정신적 에너지를 리비도라고 하였다.

삶의 본능은 생명을 유지하고 발전시키고, 자신과 타인을 사랑하며, 민족과 종족의 번영을 가져오게 한다. 죽음 본능은 파괴 본능이라고 할 수 있는데, 생물체가 무생물로 환원하려는 본능으로서 살아 있는 동안 자신뿐만 아니라 자연과 타인을 파괴하고 공격하기도 하며 서로 싸운다. 그러나 이런 에로스와 타나토스 본능은 한쪽이 우세할 때 서로 충돌하지만 반대로 서로 조화를 이루며 대체되기도 한다. 따라서 인간의 몸은 삶과 죽음이 동시에 공존한다.

나는 서투른 화가여요.
잠 아니 오는 잠자리에 누워서 손가락을 가슴에 대이고
당신의 코와 입과 두 볼에 새암 파지는 것까지 그렸습니다.
그러나 언제든지 작은 웃음이 떠도는 당신의 눈자위는
그리다가 백번이나 지웠습니다.

나는 파겁 못한 성악가여요.
이웃 사람도 돌아가고 버러지 소리도 그쳤는데
당신이 가르쳐 주시던 노래를 부르려다가 조는 고양이가
부끄러워서 부르지 못하였습니다.
그래서 가는 바람이 문풍지를 스칠 때에 가만히 합창하였습니다.

나는 서정시인이 되기에는 소질이 없나 봐요.
'즐거움'이니 '슬픔'이니 '사랑'이니 그런 것은 쓰기 싫어요.
당신의 얼굴과 소리와 걸음걸이와를 그대로 쓰고 싶습니다
그리고 당신의 집과 침대와 꽃밭에 있는 작은 돌도 쓰겠습니다.

한용운 「예술가」(1926)

얼굴은 '얼과 꼴'의 합성어다. 안에 있는 얼은 정신이며 밖에 있는 꼴은 모양이다. 표정으로 나타나는 얼굴은 정신을 비추는 거울이 된다. 시도 이와 다르지 않다. '자화상' 시는 자신의 생각을 글이라는 문양으로 보여준다. 요컨대 '언어의 창문'을 내고 우리에게 말을 걸어오는 창작의 심층에는 시인의 무의식적 소망이 내재되어 있다. 이 소망의 배후를 관통하면 시인의 성격이 드러난다. 시에는 시인이 의도하지 않은 세계가 반영되고, 억압된 욕망이 시로 표출되기 때문이다.

프로이트는 '예술가란 출구 없는 공간에서 빠져나온 사람들'이라고 표현했다. 여기서 '출구'는 외부 세계의 억압을 쏟아내는 '정서의 통로'라는 점이다. 외부 세계에서 오는 사건은 이성적이고 정서적인 체계를 가지고 있지만, 내부 세계를 치료하는 방식은 주관적이며 비이성적인 방식을 따른다. 예술가들은 이러한 본능적 욕망들을 억압하는 대신 승화시키는데, 이때 리비도 에너지는 억제되지 않고 발산하며 수정된다.

시인은 사랑하는 대상의 욕망 때문에 '화가' 또는 '성악가'가 되어 서투른 그림을 그리고 부끄러운 노래를 부른다. 잠을 이루지 못하고 잠자리에 누워 코, 입, 두 볼, 그리고 눈자위를 백 번이나 그리다가 지우는 화가가 되어 보기도 하고, 사람들이 모두 돌아가고 벌레 소리도 그치고 고양이도 졸고 있는 조용한 밤에 지나가는 바람이 문풍지를 스칠 때 성악가가 되어 보기도 한다. 이렇게 사랑하는 사람을 그리워하며 소심하고 소극적인 성격을 예술로서 환기시킨다. "당신의 얼굴과 소리와 걸음걸이와 당신의 집과 침대와 꽃밭에 있는 작은 돌도 쓰겠습니다." 시인은 절실하게 보고 싶은 대상에 대한 억제된 감정인 '얼'을 시라는 '꼴'에 새겨 무의식적으로 배출하고 있다.

한용운(1879~1944)

출생지
충청남도 홍성

등단지
1918년 불교 잡지인 『유심』에 시 「심(心)」을 발표하며 문단에 등단

주요작품
『박명(薄命)』, 『흑풍(黑風)』, 『님의 침묵』, 『조선불교유신론(朝鮮佛敎維新論)』, 『십현담주해(十玄談註解)』 등이 있다.

마당 앞
맑은 새암을 들여다본다

저 깊은 땅 밑에
사로잡힌 넋 있어
언제나 먼 하늘만
내려다보고 계심 같어

별이 총총한
맑은 새암을 들여다본다

저 깊은 땅속에
편히 누운 넋 있어
이 밤 그 눈 반짝이고
그의 겉몸 부르심 같어

마당 앞
맑은 새암은 내 영혼의 얼굴

김영랑 「마당 앞 맑은 새암을」(1935)

고향의 우물은 단순히 식수를 공급하는 '물'이 아니다. 그곳은 깊은 상상의 샘이 있어서 마르지 않는 물줄기로 솟아난다. 유년기의 '우물' 안을 내려다보면 우물 안을 들여다보고 있는 내가 보인다. 이 세계는 유년기에 머물러 있는 무의식의 장소이며, 꿈으로 가득 찬 환상의 세계다. 거기는 거울처럼 '나'를 바라보는 '나'를 만나는 곳이다. '나'는 '나'이면서 '내'가 아닌 흘러간 '나'이다. 화자의 '우물'은 자신을 비추고 있는 환영이며 "저 깊은 땅 밑에/사로잡힌 넋"이 있는 영혼의 세계이다. 맑은 샘에 비친 모습은 때 묻지 않은 '영혼의 얼굴'을 하고 있다. '영혼의 얼굴'은 "언제나 먼 하늘만/내려다보고", "별이 총총" 하다.

이 시의 우물은 현실에서 볼 수 없는 또 다른 세계를 간직하고 있지만 세상은 우물 안에 머물러 있는 것을 허락하지 않는다. 시인은 우물 속에서 '저 깊은 땅 밑에 사로잡힌 넋'을 불러낸다. 이렇게 해서 우물이라는 장소는 시공간을 초월한 현실적 자아와 무의식적 자아가 만나는 공간이 된다. 시인의 '내 영혼의 얼굴'은 나를 비추는 '맑은 우물'임과 동시에 '상상의 두레'로서 영원히 마르지 않는 고향의 그리움을 퍼올린다.

김영랑(1903~1944)

출생지
전라남도 강진

등단지
『시문학』에 시 「동백잎에 빛나는 마음」, 「언덕에 바로 누워」 등 6편과 「사행소곡(四行小曲)」 7수를 발표하면서 본격적인 작품 활동을 시작

주요작품
『영랑시집』과 자선시집 『영랑시선』, 『내 마음 아실이』, 『가늘한 내음』, 『모란이 피기까지는』 등이 있다.

여기는도무지 어느나라인지 분간할수없다. 거기는 태고와 계승하는 판도가있을뿐이다. 여기는 폐허다. 피라밋드와같은 코가있다. 그구녕으로는「유구한것」이드나들고있다. 공기는 퇴색되지않는다. 그것은선조가或은 내전신이 호흡하던바도그것이다. 동공에는창공이 의고하여있으니 태고의영상의약도다. 여기는아무기억도유언되어있지는않다. 문자가 닳아없어진석비처럼문명의「잡담한것」이 귀를 그냥지나갈뿐이다. 누구는 이것이 떼드마스크(死面)라고 그랬다. 또누구는 떼드마스크는 도적맞었다고도 그랬다. 주검은서리와같이 내려있다 풀이말러버리듯이 수염은자라지않는채거칠어갈뿐이다. 그리고 천기모양에 따라 서입은 커다란소리로 외우친다－수류처럼

이상「자화상」(1936)

이상은 부조리와 모순으로 가득한 세계의 자화상을 보고 있다. 시인의 땅은 파괴되었고, 정신은 병들었으며, 분열된 세계의 낯선 이미지를 통해 세계를 우울하면서도 그로테스크하게 포착한다. '여기는 어느 나라인지 분간할 수도 없고, 거기는 태고와 계승하는 판도가 있는 폐허이고, 피라미드와 같은 코가 있는데, 그 구멍으로는 「유구한것」이 드나들며 공기는 퇴색되지 않는다'는 식으로 타자는 알 수 없는 세계의 자폐적이고 자아의 분열적인 성격을 보인다. 그것은 절망감으로 빚어진 의식의 영역에서 용납되지 않는 무의식이 자유연상법으로 나타난다.

이렇게 냉각된 절망감은 데드마스크처럼 부정적인 은폐의 소산으로서 '여기는 아무 기억도 유언되지 않는, 문자가 닳아 없어진 비석처럼 문명의 「잡담한것」이 귀를 그냥 지나가는' 곳으로 관철시키고 있다. '데드마스크'라는 현실의 가면을 드러내며 세계의 분장술을 효과적으로 설명한다. 존재론적 구도에서 부정된 세계와 자아를 분리시킨 철저히 자폐적인 사고가 보인다. 사고를 착종하면서 분열되어 나오는 이와 같은 언어는 일제 강점기라는 암흑기의 불순한 세계에 대응하는 방식으로서 의도적으로 난해하고도 실험적인 소리를 생산해 낸다.

이상(1910~1937)

출생지
서울

등단지
1930년 『조선』에 첫 장편소설 「12월 12일」을 연재
하면서 작품 활동을 시작

주요작품
「오감도」, 「지주회시」, 「날개」, 「봉별기」, 「동해」, 「종생기」, 「환시기」 등이 있다.

처마끝에 明太를 말린다
明太는 꽁꽁 얼었다
明太는 길다랗고 파리한 물고긴데
꼬리에 길다란 고드름이 달렸다
해는 저물고 날은 다 가고 볕은 서러웁게 차갑다
나도 길다랗고 파리한 明太다
門턱에 꽁꽁 얼어서
가슴에 길다란 고드름이 달렸다

백석 「멧새 소리」(1990)

'제목'과 '내용'이 아이러니하여 우리를 낯설게 한다. 제목은 '멧새 소리'지만 상반되는 내용의 '명태'를 상정하고 있다. 멧새는 산새로서 자유로운 날개 짓과 아름다운 목소리를 내고, 명태는 바다에서 포획된 물고기로서 주검 이후에도 혹독한 겨울을 견디는 외로운 존재다. 전반부의 명태는 춥고 냉혹한 시간에 노출되어 말라가다가 얼어붙은 상태에서 고드름이 달린다고 진술한다. 그러나 후반부의 명태는 "門턱에 꽁꽁 얼어서/가슴에 길다란 고드름이 달렸다"라고 화자의 신체로 전치시킨다. 이것은 시인이 처한 현실의 부당함을 반어적으로 상징화시켜 놓은 시적 전략이다.

현실의 시인은 무의식에 내재된 억압의 커튼을 젖히고 부조리한 현실을 폭로할 수 없는 상태다. 따라서 명태로서 '통제'와 '구속'이라는 '증세'를 만들어 내고, 갈등을 조장하며 무의식을 의식화시킴으로써 자아 영역 밖으로 감정을 표출시킨다. 시인은 '멧새'처럼 자유로운 소리를 내야 하지만 반대로 '현실'은 입을 다문 '명태'처럼 얼어붙어 있다는 것이 아닐까. 북한에서의 시인의 실상을 '멧새'와 '명태'라는 대상과 전치시킨 등가물로 억압된 감정을 드러내는 것이라고 볼 수 있겠다.

백석(1912~1996)

출생지
평안북도 정주

등단지
1930년 『조선일보』 신춘문예 단편소설 「그 모(母)와 아들」로 등단

주요작품
「고방」, 「가즈랑집」, 「여우난곬족」, 「여승」, 「고야」, 「팔원」, 「두보와 이백같이」, 「적막강산」, 「남신의주 유동 박시봉방」, 「가즈랑집 할머니」, 「흰 바람벽이 있어」, 「멧새 소리」 등이 있다.

5척 1촌 5푼 키에 2촌이 부족한 불만이 있다. 부얼부얼한 맛은 전혀 잊어버린 얼굴이다. 몹시 차 보여서 좀 체로 가까이하기 어려워한다.

그린 듯 숱한 눈썹도 큼직한 눈에는 어울리는 듯도 싶다마는……

전시대 같으면 환영을 받았을 삼단 같은 머리는 클럼지한 손에 예술품답지 않게 얹혀져 가냘픈 몸에 무게를 준다. 조고마한 거리낌에도 밤잠을 못 자고 괴로워하는 성격은 살이 머물지 못하게 학대를 했을 게다.

꼭 다문 입은 괴로움을 내뿜기보다 흔히는 혼자 삼켜버리는 서글픈 버릇이 있다. 삼 온스의 살만 더 있어도 무척 생색나게 내 얼굴에 쓸 데가 있는 것을 잘 알건만 무디지 못한 성격과는 타협하기가 어렵다.

처신을 하는 데는 산도야지처럼 대담하지 못하고 조고만 유언비어에도 비겁하게 삼간다 대[竹]처럼 꺾어는 질지언정

구리[銅]처럼 휘어지며 꾸부러지기가 어려운 성격은 가끔 자신을 괴롭힌다.

노천명 「자화상」(1938)

시인은 병약하고 내성적이고 소심한 성격을 그대로 묘사한다. 이것은 나르시시즘적인 발상으로서 '154.5센티미터 키', '살이 쪄 멋은 없는 얼굴', '짙은 눈썹', '큼직한 눈', '삼단 같은 머리', '솜씨 없는 손', '가냘픈 몸' 등으로 신체를 노출시킨다. 이른바 신체화(身體化, somatization)에서 비롯된 것이며 심리적 갈등이 신체 증세로 나타난 것이다. 불완전한 신체와 억압된 성격을 드러내지만 내면을 묘파하고, 자신의 콤플렉스에 대한 불안감을 무의식에서 배출시킨다.

자신의 결함을 무의식적으로 잊으려고 "조고마한 거리낌에도 밤잠을 못 자고 괴로워하는 성격은 살이 머물지 못하게 학대"하기도 하고, "꼭 다문 입은 괴로움을 내뿜기보다 흔히는 혼자 삼켜버리는 서글픈 버릇"을 관철시킨다. 이것은 신체의 열등감과 성격의 결벽증에 대한 부정적 요소를 통하여 "구리처럼 휘어지며 꾸부러지기가 어려운 성격"이 오히려 세계를 견딜 수 있다. 콤플렉스가 억압되어 있지 않고 삶의 강한 힘이 된다는 방어력을 보여준다.

노천명(1912~1957)

출생지
황해도 장연

등단지
1932년 『신동아』에 「밤의 찬미」, 「단상」 등을 발표하면서 작품 활동을 시작

주요작품
『산호림』, 『창변(窓邊)』, 『노천명』, 『별을 쳐다보며』, 『사랑의 노래』, 『노천명 전집』, 『산호림』, 『꽃길을 걸어서』, 『노천명 시집래』, 『모가지가 길어서 슬픈 사슴은』 등이 있다.

산 모퉁이를 돌아 논가 외딴 우물을 홀로 찾아가선
가만이 들여다봅니다.

우물 속에는 달이 밝고 구름이 흐르고 하늘이
펼치고 파아란 바람이 불고 가을이 있습니다.

그리고 한 사나이가 있습니다.
어쩐지 그 사나이가 미워져 돌아갑니다.

돌아가다 생각하니 그 사나이가 가엾어집니다.
도로 가 들여다보니 사나이는 그대로 있습니다.

다시 그 사나이가 미워져 돌아갑니다.
돌아가다 생각하니 그 사나이가 그리워집니다.

우물 속에는 달이 밝고 구름이 흐르고 하늘이
펼치고 파아란 바람이 불고 가을이 있고 추억처럼 사나이가 있습니다.

윤동주 「자화상」(1939)

시인은 '나'를 우물에 비추면서 '나'라는 '사나이'를 마주한다. 우물의 반사적 이미지를 통해 '나'라는 '사나이'를 본다. 화자는 바라보는 '나'와 비치는 '나' 사이에서 비로소 '나'를 만날 수 있다. 우물 밖과 우물 속의 나는 현실과 이상의 자화상이다. 무의식적으로 들여다보는 나는 현실적 자기이고, 우물 속의 나는 이상적 자아로서 대립관계에 놓인다. 이를 반복적으로 "들여다보다, 돌아가고, 가엾어져 도로 들여다보고" 재생하는 과정에서 현실과 이상의 이중 자화상을 드러낸다.

화자는 우물에 비친 이중 자화상으로 세계 안에서 세계 밖을 바라봄으로써 자기에게 매혹되어 샘물에 빠져 죽은 나르키소스처럼 우물 속으로 매몰되지 않도록 끊임없이 자신을 객관화시키면서 현실에 잠식되지 않기 위해 '자기' 안의 '자아'를 관찰한다.

윤동주(1917~1945)

출생지
북간도

주요작품
「삶과 죽음」, 「초한대」, 「병아리」, 「빗자루」, 「오줌싸개 지도」, 「무얼 먹구사나」, 「거짓부리」, 「달을 쏘다」, 「유언」, 「자화상」, 「새로운 길」, 「참회록」, 「쉽게 쓰여진 시」, 『하늘과 바람과 별과 시』 등이 있다.

바람 불어도
눕지 않는
세엽풍란(細葉風蘭)

그러나 문득 노을빛에
속눈썹 적시는
정 많은
노래 가슴

김후란「자화상」(1990)

우리는 일상생활에서 빚어지는 갈등을 '제어'하며 살아간다. 욕망하는 행동을 의식적으로 차단하는 것을 '억제'라고 부른다. 분석심리학에서 억제란 초자아(양심)와 이드(원초적 욕망)를 중재해 주는 무의식적 기제이다. 이 억제가 제대로 작동되지 않거나, 부족할 때 극단적으로 정신장애와 행동장애를 일으키기도 하지만 지나친 억제는 성격을 파괴하여 불안증과 불감증의 장애를 가져다준다.

이 시의 화자는 "바람 불어도/눕지 않는/세엽풍란(細葉風蘭)"처럼 자아를 억제하며 살아간다. 가는 잎을 가진 '세엽풍란'은 나무줄기와 바위 곁에 붙어서 서식하는 착생 식물이다. 인간 역시 본질적으로 '풍란'처럼 홀로 자생하는 것 같지만 구조화된 공동체 속에 소속되어 있다. 이렇게 화자는 풍란같이 이 사회를 가늘고 연약한 여자의 몸으로 견뎌왔다. 살아남기 위해 풍란이 있는 것이 아니라 살아남았기 때문에 풍란이 된 것처럼 모진 세파를 살아남아서 '지금–여기'에 '김후란'이라는 기표가 있는 것이다. 그렇지만 화자는 '문득' 비치는 '노을빛에'도 "속눈썹 적시는/정 많은/노래 가슴"을 지닌 감성이 풍부한 여자라는 사실을 도출한다. 이렇게 '세엽풍란'은 자아와 세계 간의 '욕망'을 '억제'하며 견뎌온, 지난했던 '무의식의 민낯'이다.

김후란(1934~)

출생지
서울특별시

등단지
1954년 『경향신문』과 반공연맹 주최 전국대학생문예콩쿠르 소설부에 입선하면서 작품 활동을 시작

주요작품
『장도와 장미』, 『음계』, 『어떤 파도』, 『눈의 나라 시민이 되어』, 『사람사는 세상에』, 『둘이서 하나이 되어』, 『오늘을 위한 노래』 등이 있다.

천둥소리가
내 속에 있었으면……

세상살이에 지쳐
고단한 나의 영혼
간사스럽고 비굴해
그만 무릎 꿇으려 할 때
스스로 우는 자명고처럼
천둥소리 큰 꾸중 있었으면

번갯불이
내 속에 있었으면……

자잘한 일에 울고 웃는
소인배 되어
얼굴 붉히고 다툼질할 때
천만 도의 저 불로 담금질하여
다시 태어날 수 있었으면

아아
한 그릇의 정갈한 정화수가
내 속에 있었으면……

때묻어 더러워지는
내 얼굴 내 손
나날이 쌓이는 아집과 노욕
찬물로 맑게 헹구어내어
새로 씻은 빨래처럼
깨끗해질 수 있었으면.

허영자 「내 속에」(2002)

프로이트는 '전위'를 암시에 의한 대체로 보았다. 원래의 것을 부정하고 다른 것과 관계 맺음으로써 소망을 성취하는 것으로 파악했다. 현실에서 소망하는 것이 꿈으로 드러날 때, 그 꿈은 이상적인 것으로 억압에서 발화된 상상이며 이루고자 하는 현상인 바, '억압된 소망의 위장된 성취'가 다른 꿈으로 이동한 것이다. 이러한 현상은 억압과 검열 그리고 왜곡이 교직하는 복잡한 내적 양상을 불러온다.

화자는 "천둥소리가/내 속에 있었으면", "번갯불이/내 속에 있었으면", "한 그릇의 정갈한 정화수가/내 속에 있었으면" 등 세 가지 소망하는 것을 병치하여 나열한다. '천둥소리'는 세상살이에 지친 간사스럽고 비굴하게 세계를 향해 무릎 꿇고 복종하려고 할 때, 깨워줄 '자명고' 같은 신비한 울림을, '번갯불'은 작은 일에도 울고 웃는 소인배로 얼굴 붉히고 다툼질할 때, 녹여줄 '담금질' 같은 뜨거운 단련을, '정화수'는 더러운 얼굴과 손에 아집과 노욕이 쌓일 때, '찬물' 같은 깨끗한 '맑음'을 언술한다. '비굴함', '간사함', '추함'의 때 묻은 '내면의 얼굴'을 보인다. 현실의 억압과 소망, 검열과 왜곡이 교직하는 복잡한 현실 생각은 '억압된 소망의 위장된 성취'로서 천둥소리—번갯불—정화수는 억압의 결과물로 '상징적 교환'으로 나타난 '꿈의 언어'라고 할 수 있다.

허영자(1938~)

출생지
경상남도 함양

등단지
1962년 『현대문학』에 시 「사모곡」이 추천되어 등단

주요작품
『불로뉴 숲의 아침이슬』, 『인생은 아름다운 사랑이어라』, 『내가 너의 이름을 부르면』, 『허영자 수필집』, 『시와 종교의 아름다운 만남』, 「소멸의 기쁨」, 「나팔꽃」, 「앓고 있을 때」, 「어머니 편찮으시니」, 『사랑의 일곱가지 빛깔』 등이 있다.

연산군 때라던가 파발말을 놓는 역이 생겼대서
내 고향 속성은 역둘리 1297번지
보성만을 굽어보며 우뚝 솟은 매봉 꼭대기
봉수대가 허물어진 그 골짜기에는 우리 웃대 先親 한 분 잠
들어 계시다
한양이라 시구문 밖 소문난 망나니로 씽씽 칼바람을
내며 가셨다 하니
그 무덤 속엔 당대에서도 잘 들던 칼 몇 자루
녹슬어 있지 않았을까.

어느 해 한식날이던가 성묘 길에서 아버님은
나를 인도하시고, 그 무덤을 비껴가며
족보에도 없는 무덤이니라 힘 주어 말씀하시었으니
창망히 저무는 수평선을 바라보시던 뜻은…….

노상 그것이 한이 되지 않으셨을까
산밭떼기 다 팔아 내 학비를 대어 주시던 아버지
글 쓰는 일을 진사 벼슬쯤으로 생각하지 않았을까
그러나 나중에 내 詩 쓰는 일이 개똥보다
품계가 낮아 약에도 못 쓴다는 사실을 알았을 때
망나니 새끼보다 못한 새끼라고 욕을 퍼부으며
우시던 아버지

또 어느 날은 술에 취하시어 네 선친께서는
모가지를 흘리고 다니시다가 칼에 힘이 빠지면
칼재비의 긍지도 버리고 도모지*를 씌우기도 했느니라
방바닥을 치며 우시던 아버지

천주학장이(天主教徒) 목을 칠 때
굴비 두름엮듯 한 두름씩 두 두름씩 엮어 달고
도모지로 얼굴을 씌워 물을 뿌리면 벽돌이 마르듯
잘 마르더라는, 더러는 외통수를 보는 놈도 있어
뒷구멍으로 금은 팔찌를 대어 오는 녀석들에겐 고양이 울음소리를 증표로도
삼았더라는
때로는 그 先親을 부러워하시면서까지…….

그러지 않았을까 이 볼펜이 칼이 될 수만 있다면
이 원고지 한 장이 도모지만 될 수 있다면
우리 先親 소문난 칼 솜씨 칠월 장마에
풋모과 떨구듯

나도 한평생 뎅경뎅경 모가지나 흘리며
살다 가지 않았을까.

*도모지 : 대원군 시대 망나니(칼재비)들이 천주교도인들의 목을 칠 때 칼질
이 고되니까 얼굴에 참종이를 씌워 물을 뿌려 숨통을 막히도록 하여 죽게 하
였는데, 그때 사용했던 종이를 말함.

송수권 「自畵像」(1980)

정신분석에서 동일화는 타자를 모방하여 자아의 결함을 보완하고자 하는 방어기제다. 이상적인 동일화가 아닌 경우는 금지된 대상과 동일화를 보인다. 예컨대 무의식적으로 닮지 않아야 될 인물을 닮는 것인데, 그것은 타자의 행동이 사회적으로 바람직하지 못하더라도 일종의 힘으로 작용한다. 약한 자는 강한 자가 되길 원하며 공격자와 동일화되려고 한다. 이것은 공격자를 닮음으로써 불안을 방어하는 기제다. 두려운 대상의 특징을 닮아 자기 것으로 해서 두려움을 극복하는 심리기제다.

이 시에서 화자는 "소문난 망나니로 씽씽 칼바람을/내며 가셨다 하니/그 무덤 속엔 당대에서도 잘 들던 칼 몇 자루/녹슬어 있지 않았을까"라며 연산군 시대 망나니 같은 선친을 불러온다. 아버지는 선친의 무덤을 보면서 "족보에도 없는 무덤이니라"고 무시하였지만 "산밭뙈기 다 팔아 내 학비를 대어 주시던 아버지"로, 가난하고 무지하였지만 일평생 화자를 위해 살아왔다. 아버지가 화자에게 "망나니 새끼보다 못한 새끼라고 욕을" 하면서 선친과 화자를 동일시하기도 한다. 그리고 화자는 "나도 한평생 뎅겅뎅겅 모가지나 흘리며" 살아야겠다고 선친을 모방하며 다짐한다. 그것은 '칼-펜', '도모지-원고지'로 치환되어 나타난다. 선친은 칼로서 사람들을 죽였지만 시인은 펜으로서 정신이 죽은 사람들을 살리고자 한다.

송수권(1940~)

출생지

전라남도 고흥

등단지

1975년 『문학사상』에 시 「산문(山門)에 기대어」가 신인상으로 당선되어 등단

주요작품

『산문에 기대어』, 『꿈꾸는 섬』, 『아도(啞陶)』, 『다시 산문에 기대어』, 『새야 새야 파랑새야』, 『우리들의 땅』, 『사랑이 커다랗게 날개를 접고』, 『남도 기행』, 『자다가도 그대 생각하면 웃는다』, 『별밤지기』, 『쪽 빛 세상』, 『들꽃세상』, 『초록의 감옥』, 『파천무』, 『만 다라의 바다』, 『언 땅에 조선매화 한 그루 심고』, 『시골길 또는 술통』 등이 있다.

아침에 어머니가 지어주신 옷

해 지기 전까지

입고 있었는데

으스름 저녁에 돌아와

일생의 옷을 벗으매,

내 안에 마지막 남은 것이

비로소 보인다

구름 한 벌, 바람 한 벌,

하느님 말씀 한 벌!

김종해 「옷에 대하여 - 자화상을 보며」(2010)

진정한 '나'를 마주한다는 것은 '자아'를 관통하여 존재를 이해한다는 것이다. 이 시 자화상은 '자기 밖'에서 '자아'를 인식하는 수단이다. 자화상은 시어의 입자를 입은 형상으로서 자신을 묘사하고 내면을 묘파하게 된다. 이것은 시인의 초월적 세계관이면서 내재적 그림자다. 상징과 비유로 생성된 상상력의 분신으로서 '자아 검열'과 '세계 검증'의 매개가 된다. 즉, '자기 안'에 있는 '자아 속'으로 돌입하기 위해 '상징과 비유'라는 '시어의 옷'을 입고, '위선과 오만'이라는 '욕망의 옷'을 벗는다.

그것은 "아침에 어머니가 지어주신 옷" 한 벌인데, 이 '옷'은 시인의 '몸'인 바, 몸이 옷으로 치환된 것뿐이다. 인간은 이 옷-몸을 "해 지기 전까지" 입고 있다가 "저녁에 돌아와/일생의 옷을 벗"는 운명을 타고났다. 이러한 존재적 비극을 인식할 때 조우하게 되는 '자아'는 단순한 '자기애'의 차원을 넘어서 세계 속에서 '나'를 반추한다. 즉, "내 안에 마지막 남은 것이/비로소 보인다"는 '자아 성찰'이 가능해진다. 시인의 탐구는 "구름 한 벌-바람 한 벌-하느님 말씀 한 벌!"이라고, '자아 인식'이 확대되며 시공간을 초월할 수 있게 된다.

김종해(1941~)

출생지
부산

등단지
1963년 『자유문학』에 시 『저녁』이 신인상에 당선되어 작품 활동을 시작

주요작품
『신의 열쇠』, 『왜 아니 오시나요』, 『바람부는 날은 지하철을 타고』, 『무인도를 위하여』, 『별똥별』, 『풀』 등이 있다.

제 몸을 부수며
종(鍾)이
운다

울음은 살아있음의 명백한 증거,
마침내 깨어지면 울음도 그치리.

지금
존재의 희열을 숨차게 뿜으며
하늘과 땅을 느릿느릿 울려 터지는

종소리,
종소리,
그것은 핏빛 자해(自害)의 울음소리

이수익 「자화상」(2001)

인간은 쾌락을 추구한다. 이 쾌락은 죽음의 본능이면서 파괴적이다. 정신분석학에서는 인간 내면의 심리 작용 중에서 자기 파괴 본능을 '타나토스(Thanatos)'라고 일컫는다. 자기 보존 본능인 '에로스(Eros)'와 달리 타나토스는 자학적 성향을 띠고 있지만 자아를 충격하며 창의력의 발판이 되기도 한다. 타나토스의 파괴적인 에너지는 건설적인 의지와 융합될 때 창의성을 발휘한다. 자신을 향한 공격성은 쾌락을 추구하는 에너지원이면서 예술행위의 원초적인 동력이다.

이 시의 종은 "제 몸을 부수며" 생성해 내는 '소리'로서 존재한다. 종소리는 '자기 파괴'적인 행위로서 지금—여기에 현현된다. 이때 '소리'는 일상적인 것이 아니라 제 몸의 '자학'으로 빚어내는 내면의 '울음'이면서 제 몸을 열어 보이는 범상한 '울림'이다. 이 울음은 시인이 "살아있음의 명백한 증거"가 되며 존재를 존재하게 하는 울림의 근원지로 작동한다. 시인은 제 몸을 자극함으로써 "지금 존재의 희열을 숨차게 뿜으며 하늘과 땅을 느릿느릿 울려 터지는 종소리"인 것이다. 이 시의 '종'은 '시인'이며 '종소리'는 '시'로서 "핏빛 자해(自害)의 울음소리"를 가진 공감각적 이미지를 드러낸다.

이수익(1942~)

출생지
경상남도 함안

등단지
1963년 『서울신문』 신춘문예에 「고별」, 「편지」로 등단

주요작품
『우울한 상송』, 『슬픔의 핵』, 『단순한 기쁨』, 『푸른 추억의 빵』, 『눈부신 마음으로 사랑했던』 등이 있다.

소리개 마을 갑분이 누나가
바드름한 송곳니 내보이며 웃을 때마다
나는 솜병아리 마냥 가슴만 팔딱였다
누나네가 읍내로 이사가던 날
바람만 바람만 뒤따라 가다가
누나가 뒤돌아보면 돌멩이 집어서 길섶으로 던졌다.

그해 여름 보릿고개를 넘으며
누나의 예쁜 송곳니가
보리밭에서 여무는 살보리처럼 보고 싶었다.

오탁번 「자화상 1 · 아홉 살」(2002)

아홉 살은 심리성욕 발달 단계에서 성의 잠재기다. 잠재기는 어머니의 영역에서 아버지의 세계로 돌입하는 시기다. 이것을 정신분석에서는 '상징계'라고 하여 언어, 질서, 법 등을 배우며 '성'을 알아가는 단계다. 이때 소년은 타자와 세계 간에 구조화된 사회를 언어로서 습득한다. 소년기 언어는 무의식적으로 세계를 모방하며 또한 언어를 통해 세계를 구현하면서 현실을 배워 간다.

이 시에서 '갑분이 누나'는 소년의 언어를 발화시킨 중심 오브제로서 어머니의 세계에서 현실 세계로 눈을 돌리는 지점이기도 하다. 갑분이 누나가 "바드름한 송곳니 내보이며 웃을 때마다/나는 솜병아리 마냥 가슴만 팔딱였다" 화자의 성애가 태동하기 시작한 것이다. 그런데 누나가 읍내로 이사를 가는 날 "바람만 바람만 뒤따라 가다" "누나가 뒤돌아보면 돌멩이 집어서 길섶으로 던졌다." 이러한 시적 묘사는 소년의 언어로서 분노를 초래하는데, '돌멩이를 던지는' 행위로서 갈등이 전치되고 있다. 누나와 이별한 소년은 힘든 "보릿고개를 넘으며", "보리밭에서 여무는 살보리처럼" 그것이 환영처럼 "누나의 예쁜 송곳니"로 보인다. 화자는 뾰족하게 돋아난 '살보리'를 보는 순간 누나의 '송곳니'를 상상하는 것은, 소년의 가슴을 설레게 한 '누나'의 표상인 '이쁜 송곳니', 즉 잠재기의 '성적 언어'가 각인되어 있다.

오탁번(1943~   )

출생지

충청북도 제천

등단지

1966년 『동아일보』 신춘문예에 동화 『철이와 아버지』가 당선되어 등단

주요작품

『강설(降雪)』, 『하관(下官)』, 『가등사(加藤寺)』, 『혼례』, 『귀로』, 『열쇠를 돌리는 법』, 『언어의 묘지』, 『달맞이꽃』, 『아침의 예언』, 『너무 많은 가운데 하나』, 『생각나지 않는 꿈』, 『겨울강』, 『1미터의 사랑』, 『벙어리장갑』, 『손님』, 『우리 동네』, 『눈 내리는 마을』, 『시집 보내다』 등이 있다.

거창 신씨 종가 맏며느리로 시집 온 어머니 젤 우선 할 일은 아들 낳는 것이었는데
어쩌나 딸 여섯을 연이어 쭉 낳으며 어머니 생은 발바닥이 되었는데
그 여섯째 딸인 날 두고 어머니 무서운 생각 작심하였는데 세상 나오자마자
그 비린 걸 발길로 걷어차고는 어머니는 생으로 곪기 시작했다는데
질긴 목숨이라 두 모녀가 살기는 살아났다고는 하나……

어머니 손끝에서 버릴까 말까
뉘를 고르다 꼭 나를 손끝 벼랑에 놓고는 망설였는데
이것이 똘똘한 쌀알들 사이에 끼어 살아내기는 살아낼 것인지
세상 나오자마자 걷어차인 엉덩이
어머니 상처의 유적지를 더듬거리다
손 쑥 집어넣고 부식한 한의 화석 하나 골라내는데
안쓰러워라
조금은 금가고 귀 깨어져 모양 거칠지만
제대로 살아라
서서히 어긋나는 머리통을 쓰다듬는데
거긴 쓰리다!
어머니 온몸으로 막았던 소금밭을 맨발로 줄행랑쳐
염전밭 통째로 등에 지고 살다
겨우 이제 따뜻한 밥알이 되기도 하는.

신달자 「뉘」(2009)

히스테리 증상은 무의식 속에 억압되었던 내면의 갈등이 증세로 변형되어 일어나는 정신적 질병이다. 이 질병은 마음의 상처로서 무의식 속 잉여물로 잔존한다. 정상적인 통로를 통한 감정의 잉여물은 의식계로 방출(catharsis)함으로써 완쾌될 수 있다. 프로이트는 히스테리를 치료하기 위해 그 원인이 되는 콤플렉스를 자유연상법으로서 떠오르는 대로 말하는 방법을 사용했다.

이 시 '뉘'는 등겨가 벗겨지지 않은 채로 섞인 '벼 알갱이'로서 상처 입은 화자와 동일시를 보인다. 화자의 무의식은 아들을 낳지 못한 종갓집 맏며느리인 어머니를 불러내고, '뉘'처럼 '여섯 딸' 속에서 천덕꾸러기 '막내'로 태어난 출생의 비밀을 말한다. 그것은 화자가 "세상 나오자마자/그 비린 걸 걷어차고는 어머니는 생으로 굶기 시작했다"는 데에서 상처를 짐작할 수 있다. 이것은 히스테리의 원인을 진단하는 일이며 콤플렉스를 방출하는 것이다. 화자는 과거에 받은 충격에 대하여 오히려 "어머니 상처의 유적지"라고 위로하고, "이것이 똘똘한 쌀알들 사이에 끼어 살아내기는 살아낼 것인지"라고 어머니와 치환되면서 '뉘'는 "따뜻한 밥알"로서 정서적 환기성을 보인다.

신달자(1943~   )

출생지

경상남도 거창

등단지

1964년 여성지인 『여상』에 시 「환상의 밤」이 당선되어 작품 활동을 시작

주요작품

『겨울축제』, 『고향의 물』, 『아가』, 『아가 2』, 『백치슬픔』, 『시간과의 동행』, 『아버지의 빛』, 『어머니 그 삐뚤삐뚤한 글씨』, 『오래 말하는 사이』, 『열애』, 『종이』 등이 있다.

나는 망가진 풍경이다 언제나
지난밤의 어둠이 남아있는 구석을
내 몸과 방에 갖고 있다
나는, 내다보는
갇힌 풍경이다 나는,
끝난 풍경이다 나는,
차갑게 반영하는, 투명한,
풍경이다 누가, 들여다본다
나는, 풍경이 아니다 바깥을 향한
뜨거운 눈이다

이하석 「나는 망가진」(1989)

시인은 풍경을 남긴다. 풍경의 이면에는 무엇이 있는가? 여기서 시인의 풍경은 주체의 관점으로서 세계의 안과 밖을 보는 통로다. 경험으로부터 발화된 풍경을 바라보는 시인의 관점은 무의식적으로 풍경 밖에서 풍경 안을 들여다보기도 하며, 풍경 안에서 풍경 밖을 내다보기도 하고, 풍경 안과 풍경 밖의 경계에서 양쪽의 풍경을 지우기도 한다.

이 시 '나는 망가진'은 시인이 경험한 세계에 대한 절망을 드러낸다. 이 상처를 세계 밖에서 들여다보는 화자는 자신을 '망가진 풍경'이라고 한다. 망가진 풍경은 "언제나/지난 밤의 어둠이 남아있는 구석을/내 몸과 방에 갖고 있다." 우리는 풍경 안에서 내다보는 '갇힌 풍경', '끝난 풍경'으로서 세계와 단절된 풍경 밖을 관찰하기도 한다. 그러나 누군가 들여다보았을 때 "나는, 풍경이 아니다." 절망의 풍경 안을 부정하며 풍경 "바깥을 향한/뜨거운 눈"으로서 상처를 지우기도 한다. 이처럼 자아의 상처를 풍경으로 인식하고 세계의 축을 설정함으로써 자아와 세계를 인식한다. 이 시는 하나의 풍경으로서 경계를 넘나들며 무의식적으로 자아와 세계를 결합하고 혼합시키는 구현체로서 '언어의 매트릭스'로 작용한다.

이하석(1948~　)

출생지
경상북도 고령

등단지
1971년 『현대시학』에 「관계」를 발표하며 등단

주요작품
『투명한 속』, 『김씨의 옆얼굴』, 『금요일엔 먼 데를 본다』, 『꽃의 이름을 묻다』, 『녹』, 『고령을 그리다』, 『것들』 등이 있다.

PART 2

안나 프로이트 자아방어기제

생존의 법칙, 나를 방어하라

안나 프로이트의 자아방어기제

안나 프로이트(Anna Freud, 1895~1982)는 지그문트 프로이트의 여섯 자녀 중 막내딸로서 정신분석학자가 되어 아동심리학 부분에서 권위자가 되었다. 아버지 프로이트의 무의식, 억압, 억제 등에 관한 방어기능을 정리하여 방어기제에 관한 최초의 체계적 이론을 수립하여, 성격발달에서 자아방어의 역할에 관한 이해를 확대시켰다.

인간은 마음의 평정을 원한다. 인생을 살다 보면 이 마음의 평정을 깨뜨리는 사건들이 내적 혹은 외적으로 발생한다. 특히 사회적 · 도덕적으로 용납되지 못하는 성적 충동, 공격적 욕구, 미움, 원한 등은 하나의 위험으로 인식되고 불안을 일으킨다. 이 불안은 본능적 욕구에 대항하는 초자아의 위협이 원인이다. 이때 자아는 불안을 처리하여 마음의 평정을 회복시키려는 노력을 한다. 이것이 방어기제(Defense Mechanism)다.

자아는 방어기제를 이용해 한편으로는 불안을 피하고, 다른 한편으로는 본능 욕구를 부분적으로나마 충족시킨다. 이 과정을 통해서 마음의 갈등과 충돌이 해소되고 평정이 회복된다. 이 과정에서 본능적 욕구와 초자아의 요구 사이에서 타협이 일어나고 절충 형성(Compromise Formation)이 이루어진다. 서로 조금씩 양보하여 타협을 이루는 것이 절충 형성이다. 서로 조금씩 양보하여 나름대로의 욕구 충족을 얻고 마음의 평화를 회복하는 것이다. 이 절충 형성의 결과가 행동으로 나타나는 것이 증세이고, 성격의 특성이다.

불안에서 오는 증상

정신분석 초기에 프로이트는 불안이란 부적절하게 해소된 리비도 에너지의 결과라고 보았다. 그는 억제된 성 충동과 해소되지 못한 신체적 흥분으로 높아진 긴장 상태가 불안신경증으로 변화되어 나타난다고 주장했다.

그러나 신경증을 치료하는 동안 그의 생각은 변했고, 마침내는 불안에 대한 초기의 주장이 잘못되었음을 인정하였다. 프로이트는 초기의 주장을 바꿔 정신분석 후기에는 불안이란 개개인에게 반격하거나 피해야 할 위험의 원인을 알려주는 자아의 기능이라고 주장했다. 자아는 현실 원리에 따라 이드의 본능적 욕구와 초자아의 도덕적 양심을 조절해 주는 기능을 담당하는데, 불안은 현재 자기가 처해 있는 내 · 외적인 위험을 자신에게 알려줌으로써 자아가 거기에 대처하게 만든다.

불안은 현실적 불안과 신경증적 불안과 도덕적 불안이 있는데, 현실적 불안은 외부 세계에 객관적인 공포 대상이 현존하고 있을 때 무서워하는 것으로 정상인의 불안은 타당한 불안이며, 신경증적 불안은 이드의 충동이 의식될지도 모른다는 위협을 느낄 때 생기는 정서적 반응이며, 도덕적 불안은 자아가 초자아에게 처벌받을 것을 두려워하며 비도덕적일 때 발생한다.

안나 프로이트의 10가지 방어기제

억압(repression)

불안에 대한 1차적 방어기제이다. 가장 흔히 쓰는 방어기제로 의식에서 용납하기 힘든 생각, 욕망, 충동들을 무의식 속으로 눌러 넣어 버리는 것이다. 억압을 통해서 자아는 위협적인 충동, 감정, 소원, 상상, 기억 등이 의식되는 것을 막아 준다. 특히 죄의식, 창피 또는 자존심의 손상을 일으키는 경험들은 고통스러운 불안을 일으키므로 억압의 대상이 된다. 억압에는 정신 에너지가 사용된다. 억압으로 불안을 방어하려고 하다가 실패하면 투사·상징화 등의 다른 방어기제가 동원되며, 그 결과 신경증이나 정신증세가 나타나기도 한다. 억압이 많을수록 편견이나 선입견이 많아지는데, 그 이유는 억눌린 생각들이 풀려나오지 못하고 억눌려 있기 때문이다. 억압이 성공적일 때는 본능적인 욕구나 금지된 욕망이 노골적으로 표현되는 것이 방어되므로 사회적·도덕적으로 잘 적응하는 생활이 가능해진다. 억압으로 인해 비의식이 생기며 이 억압을 통과해야 치료가 일어난다. 정신분석 작업은 억압을 극복하는 과정이다.

반동 형성(reaction formation)

겉으로 나타나는 태도나 언행이 그 사람의 억압된, 용납될 수 없는 충동의 정반대인 경우의 심리기제를 반동 형성이라고 한다. 무의식의 밑바닥에 흐르는 경향·생각·소원·충동이 도저히 받아들여질 수 없는 것이기 때문에 그와는 정반대의 방향으로 성격이 이루어져서 나타나는 경우를 가리킨다.

퇴행(regression)

심한 좌절을 당했을 때 현재보다 유치한 과거 수준으로 후퇴하는 것을 퇴행(退行, regression)이라고 말한다. 대소변을 잘 가리던 네 살짜리 아이가 동생이 태어나자 오줌을 싸게 되는 경우를 예로 들 수 있다. 심의에 찬 어린아이가 손가락을 빠는 것도 그 예이다. 늙은 교장 선생님들이 중학 동창생들을 만났을 때 근엄함은 사라지고, 마치 중학생처럼 행동하는 것도 양성의 퇴행으로 볼 수 있다. 꿈이나 공상은 정상적이고 일시적인 퇴행이다. 악성 퇴행은 정신병이나 만성 정신분열증에서 대소변을 가리지 못하는 등 어른이 병적으로 아이 같은 행동을 하는 것이다.

격리(isolation)

과거의 고통스러운 기억과 관련된 감정을 의식에서 떼어 내는 과정으로, 고통스러운 사실은 기억하지만 감정은 억압되어 느낄 수 없다. 즉, 고통스러운 사실은 의식 세계에 남고 이와 관련된 감정은 무의식 세계에 보내서 각기 분리되어 있다는 말이다. 격리는 강박장애에서 흔히 볼 수 있다.

취소(undoing)

반동 형성과 밀접한 관계가 있는 방어기제로서 죄책감을 느끼는 일을 하고 나서 안 한 것처럼 원상복귀라도 하듯이, 또는 죄의식을 완화라도 하듯이 상징적인 행동이나 생각이 사용된다. 자신의 성적 욕구 혹은 적대적인 욕구로 인해서 상대에게 피해를 주었다고 느낄 때, 그에게 준 피해를 취소하고 원상복귀하려는 행동을 할 때 발생한다.

투사(projection)

자신의 무의식에 품고 있는 공격적 계획과 충동을 남의 것이라고 떠넘겨 버리는 정신기제이다. 아이가 자신의 일부로 생각하는 대변을 밖으로 밀쳐 내는 배변 행위에서 그 원형을 찾을 수 있다. 예를 들면, 원시종족들이 인간의 잘못을 비생명적인 대상의 탓으로 돌리는 애니미즘(animism)을 들 수 있다. 자신의 실패를 '남의 탓'으로 돌리는 것도 투사다. 가장 미숙하고 병적인 정신기제이며, 망상이나 환각을 일으키는 정신기제이다.

전치 · 전이(displacement)

원래의 무의식적 대상에게 주었던 감정을, 그 감정을 주어도 덜 위험한 대상에게로 옮기는 과정이다. 자기의 도덕적 타락으로 비의식적 죄책감에 휩싸인 사람이 더러워지는 것을 무서워해서 강박적으로 손을 씻고, 시내버스 손잡이도 장갑을 껴야 잡을 수 있는 것은 도덕적 불결에 대한 죄책감이 물리적 불결로 전치된 것으로, 손을 씻음으로써 도덕적인 청결을 회복하려는 노력이다. 또한 전라도 출신 정치인을 미워하는 남편이 전라도 출신인 아내에게 화를 내는 경우도 전치의 예이다. 언니를 미워하는 여동생이 언니의 공책을 찢어 버리는 것이나, 일본을 미워하는 사람이 일본 노래를 부르는 사람을 공격하는 행동도 포함된다.

자기에게로의 전향(turning against self)

공격적인 충동이 다른 사람이 아닌 자기에게로 향하는 것을 자기에게로의 전향이라고 한다. 예를 들어, 엄마에게 야단맞은 아이가 화가 나서 자기 머리를 벽에 부딪치는 경우이다. 남에게 향했던 분노가 자기를 향하게 되므로 자기공격이 생기며 우울증이 오기도 한다. 의식 속에서 아버지를 증오하는 사람이 아버지가 돌아가셨을 때 심한 우울증에 빠질 수 있다. 그것은 현실의 아버지에게 향하던 증오심이 '자기에게로 전향'하여 자신 내부의 아버지로 향하게 되기 때문이다.

부정(denial)

도저히 감당하지 못할 어떤 생각, 욕구, 충동, 현실적 존재를 의식적으로 부정하는 것을 말한다. 가령, 영화를 볼 때 무서운 장면이 나오면 눈을 가리는 여자아이, 암 진단이 내려졌는데도 아무렇지 않다고 믿으면서 병원에 가기를 거부하는 환자, 암으로 죽어 가면서도 자신은 암이 아니고 의사의 오진이라고 주장하는 환자의 경우를 들 수 있다.

승화(sublimation)

참아 내기 어려운 본능적 욕구를 사회적으로 용납되는 형태로 돌려쓰는 방어기제다. 가장 건강한 방어기제이다. 다른 기제와는 달리 이드를 반대하지 않고 자아의 억압이 없으며, 충동 에너지가 그대로 사회적으로 전용된다. 이를테면 홍수를 막아서 댐을 만들고 수력발전으로 이용하는 것과 비슷한 것인데, 성적 욕망이 예술이 되고, 잔인한 성격을 가진 사람이 폭력자가 되지 않고 외과 의사가 되는 것처럼 성적 에너지가 예술적·건설적·창조적 에너지로 유용하게 전환되는 것으로 가장 이상적인 방어기제다.

흐름 위에
보금자리 친
오…… 흐름 위에
보금자리 친
나의 혼……

바다 없는 곳에서
바다를 연모하는 나머지에
눈을 감고 마음 속에
바다를 그려 보다
가만히 앉아서 때를 잃고……

옛 성 위에 발돋움하고
들 너머 산 너머 보이는 듯 마는 듯
어릿거리는 바다를 바라보다
해지는 줄도 모르고……

바다를 마음에 불러 일으켜
가만히 응시하고 있으면
깊은 바닷소리
나의 피의 조류를 통하여 오도다.

망망한 푸른 해원……
마음 눈에 펴서 열리는 때에
안개 같은 바다의 향기
코에 서리도다.

오상순 「방랑의 마음」(1935)

보금자리는 평안과 안식의 공간으로 고정된 장소다. 그러나 이 시에서 화자의 '혼'은 "흐름 위에/ 보금자리"를 치고 있어 불안해 보인다. 이것은 어디에도 소속되어 있지 않으려는 시인의 '방랑자적 정서'와 '자유로운 영혼'을 역설적으로 드러낸다. 부유하는 화자의 영혼은 "바다 없는 곳에서/바다를" 바라보는 생각을 하며 "가만히 앉아서 때를 잃고", "해지는 줄도 모르고" 영속적인 시간의 흐름을 바라본다. 그 흐름 속에서 "깊은 바닷소리/나의 피의 조류를 통하여" 영혼의 보금자리 속에 있는 고독한 자아를 발견한다.

인간의 불연속성과 불안정성은 존재의 외로움으로서 사회적·환경적 이유를 통해 의존적 욕구와 본능적 욕구의 좌절을 겪으며 살아간다. 내적 갈등으로 인해 마음의 평화가 깨지면서 불안이 생긴다. 그 사이 두려움으로부터 방어적으로 자신을 보호하고, 욕구 충족을 얻는 방법을 모색한다. 즉, 시인의 방황과 불안은 관념적인 바다를 상상하며 해소되는데, 한곳에 머무르지 못하고 이상 세계를 동경하며 떠도는 마음을 바다와 동일시하여 몰입함으로써 충전시키려는, 이 시는 평생 독신으로 살았던 시인의 '자기 방어적 자화상'이라고 할 수 있다.

오상순(1894~1963)

출생지
서울

등단지
1920년 『폐허』 동인 「시대고와 그 희생」이라는 글을 발표하면서 작품 활동을 시작

주요작품
「시대고와 그 희생」, 「힘의 숭배」, 「힘의 동경」, 「힘의 비애」, 「혁명」, 「때때신」, 「돌애」, 「가위손」, 「공초 오상순 시집」 등이 있다.

삼십리는 들어간 눈이 백리도 더 들어갔다
그러나 눈빛은 맑아 영육(靈肉) 만리를 비춰 봐도,
머리는 반백을 넘어 할미꽃 신세 되었구나.

상체는 학체라서 신선의 골격은 지녔으되,
목은 야위어 사슴보다 초라하고 외로운데,
어깨는 늘쌍 안으로 곱아 우수만이 깔리고,

아마에 잔주름 늘고 코만이 오똑 솟아 산근은 실하여도,
제복은 부실하여 항상 맨주먹만 털고,
가슴은 숨결이 고와 꿈만을 먹고 산다.
순정과 겸허를 사랑하여 언제나 맘씨와 말씨는 착해도,
인덕은 지지리 없어 평생을 평교사로 뛰다가,
저 똥은 개도 안 먹어가 아니라 창자마저 풍선됐다.

팔자가 기박하여 쉰아홉에 '칼 인(刃)'자라,/염라도 가긍히 보아 목숨은 돌렸
으나 걸음조차 시원찮다.
어둔밤 저 남은 징검다리를 어떻게 다 건널거나!

박병순 「자화상」(1976)

46

화자는 환갑에 이르러 자신의 외면과 내면을 동시에 생각한다. 시인의 외모에서 출발하는 이 시는 현실인식에 대한 정서적이고 사회적인 문제를 반영한다. 시인이 처한 사회적이고 문화적인 측면을 고려할 때, 자화상 속에 투사된 자아는 시인의 정체성이다. '자아 정체성'은 삶의 연속적인 변화에서 보이는 시인의 성격과 욕구뿐만 아니라 사회적 능력과 역할 등을 만날 수 있다.

이를테면 '평생을 평교사'로 살아온 화자는 "삼십리는 들어간 눈이 백리도 더 들어갔다"고 "머리는 반백을 넘어 할미꽃", "목은 야위어 사슴보다 초라하고", "어깨는 늘쌍 안으로 곱아 우수만이 깔리고", "아마에 잔주름 늘고", "제복은 부실하고" 등의 비유를 통해 구체적인 이미지를 드러낸다. 그 후 '숨결', '꿈', '순정', '겸허' 등의 시어로서 시인의 사상과 철학을 점검한다. 시행의 끝에서는 "쉰아홉에 '칼 인(刃)'자라"라고 병환으로 수술을 하고 "어둔밤 저 남은 징검다리"를 힘들게 건너가고 있다는 것을 각인한다. 현실인식에 대해 올바르게 관찰하기 위해서는 진솔하게 자아내면을 형상화해야 한다.

박병순(1917~2008)

출생지
전라북도 진안

등단지
1938년 『동광신문』에 「생명이 끊기기 전에」를 발표하면서 등단

주요작품
『낙수첩』, 『별빛처럼』, 『문을 바르기 전에』, 『새 눈 새 마음으로 세상을 보자』, 『진달래 낙조처럼』, 『음삼월』, 『무월동방가』, 『독야』, 『설야』, 『석굴암 대불 앞에서』 등이 있다.

내 성은 오씨 어째서 오가인지 나는 모른다. 가급적으로 알리어주는 것은 해주로 이사 온 일청인(一淸人)이 조상이라는 가계보의 검은 먹글씨. 옛날은 대국숭배(大國崇拜)를 유심히는 하고 싶어서, 우리 할아버지는 진실 오가였는지 상놈이었는지 알 수도 없다. 똑똑한 사람들은 항상 가계보를 창작하였고 매매하였다. 나는 역사를 내 성을 믿지 않아도 좋다. 해변가로 밀려온 소라 속처럼 나도 껍데기가 무척은 무서웁고나. 수통하고나. 이기적인, 너무나 이기적인 애욕을 잊을라면은 나는 성씨보가 필요치 않다. 성씨보와 같은 관습이 필요치 않다.

오장환 「성씨보(姓氏譜)」(1934)

외적 억압을 자아는 위험한 신호로 받아들인다. 그것이 현실불안으로 다가올 때, 내면의 충동은 신경적 불안을 낳는다. 자아는 이 위험을 방어하기 위해서 '부정과 회피' 등 분열적인 증세를 보인다.

화자는 자신의 성씨를 '부정'하는 바, 족보는 '조작된 관습'으로 자신의 '성씨를 중국 청인(淸人)이 조상'이지만 그것마저도 한낱 '대국숭배(大國崇拜) 사상'으로 치부해 버린다. 족보는 1476년(조선 성종 7년)『안동 권 씨 성화보』가 최초 사적기록이지만 이후 가문의 격을 높이기 위해 고증도 없이 조상을 극단적으로 미화하며 선대의 벼슬을 자의적으로 과장, 조작한 사실을 화자는 비판하며 "할아버지는 진실 오가였는지 상놈이었는지 알 수도 없다. 똑똑한 사람들은 항상 가계보를 창작하였고 매매하였다"고 언술하며, 사대주의와 중화사상에 젖은 조상들이 중국의 인물을 고증도 없이 시조라고 한 것을 정면으로 비난한다. 여기서 화자는 '족보'뿐 아니라 "역사를 내 성을 믿지 않아도 좋다"라고 '부정'하기에 이른다. 역사는 '소라 껍질처럼 무거운 짐' 바로 '허상'에 불과하기 때문에 "성씨보와 같은 관습이 필요치 않다"라고 선언한다. 이 부정성은 '식민지 현실'의 '모멸감'에서 출발하여 이 모든 상황을 조상 탓으로 '회피'하면서 끝내는 극복하지 못한다. 이는 '암흑의 시대'에 불안했던 식민지 지식인의 '방어적 신호'이면서 '소극적 자화상'이기 때문이다.

오장환(1918~1948?)

출생지
충청북도 보은

등단지
1933년 『조선문학』에 「목욕간」을 발표하여 작품 활동을 시작

주요작품
『성벽』, 『헌사』, 『신생의 노래』, 『병든 서울』, 『나 사는 곳』, 『병든 서울』, 『오장환전집』 등이 있다.

고향에 돌아못가는 슬픔이

화석으로 남아

몸과 마음 함께 차다

작은 키가 불편하나

나폴레옹이 등소평이 키가 작았다는 말

은근히 위안이 되었다

재봐야 34킬로밖에 안 나가는

몸무게는

바람부는 날이 겁난다

코가 조금 큰 편이고 거기다 인중이 길어

목숨이 질기겠다고

70년 전 함경도 칠보산 관상쟁이가 말했다

죽은 듯이 붙어 있는 자그마한 귀는

전쟁 때 한강 모래밭에 쏟아지던

전투기의 기총소사와 폭탄소리 간직하고 있고

밭이랑 같은 이마의 주름살은

어려운 항해 아로새겨진 지도

회한과 추억의 소낙비 퍼붓는다

점점 작아지는 침침한 눈은

눈물이 약간 고여

양떼 몰고 가는 사막의 검은 옷 입은 여인을 그리워한다

꽉 닫혀 있다오 입아

많이 지껄인 날은 부끄러워 못 참고

지껄이지 않은 날은 편안히 단잠 잔다

흰 눈 날리는 머리

아내가 염색을 해주고 싶어 못 견뎌하지만

백발이면 어떠냐 그냥 내버려둔다

꿈을 많이 꾼다

쉬르리얼리스트의 꿈이 대부분이지만

때로 꿈속의 울음이 깨어서도 이어진다

어린 시절 공부 못하는 장난꾸러기였던 나는

85살 되어서도

온갖 장난이 하고 싶어 사방 두리번거리는 도깨비다.

김규동「자화상 · 2009)」

귀 향하지 못하는 사람에게 고향은 꿈처럼, 타향은 이방인처럼 멀게 느껴진다. 고향을 그리워하는 화자의 슬픔은 화석처럼 단단하게 박제되어 현실과 격리되어 있다. 고향에 가고 싶어서 오랫동안 흘린 화자의 눈물은 굳어서 '슬픈 화석'이 되었다고 의식한다. 15살 때 시인은 고향을 떠나와 고향을 그리워하면서 85살 노인이 된다. 그렇지만 '작은키와 34킬로그램의 왜소한 체중'으로 위태롭지만 함경도 칠보산 관상쟁이가 '코가 좀 큰 편이고, 인중이 길어 목숨이 질기겠다'는 말을 기억한다. 이것은 유년기의 보상심리로 자신의 부족한 이미지나 결함을 메우려는 무의식이다.

시인이 70여 년 동안 타향에서 겪은 역경은 이루 말할 수 없고 고향으로 돌아가고 싶은 희망뿐이다. 죽음을 목전에 두고 있는 화자는 통일을 기다리면서 '양떼 몰고 가는 사막의 검은 옷 입은 여인'을 추억하며 스스로를 위로하며 보상받고 있다. 85살의 시인은 '어린 시절', '장난꾸러기', '도깨비' 등의 시어와 같이 아직도 '유년기/고향'에서 빠져나오지 못한 채 외로움과 서러움을 '피터팬 증후군(Peter Pan syndrome)' 속에서 드러내고 있다. 시인의 고향은 자신을 있게 한 원천이며, 지금까지도 생명을 연장시켜 주고 있다고 믿고 있는 듯하다.

김규동(1925~2011)

출생지

함경북도 경성

등단지

1948년 『예술조선』 신춘문예에 시 「강」이 당선되어
등단

주요작품

『현대의 신화』, 『시인의 빈손』, 『나비와 광장』, 『두만
강』, 『죽음 속의 영웅』, 『깨끗한 희망』, 『오늘 밤 기
러기 떼는』, 『느릅나무에게』 등이 있다.

나는 어머니의 얼굴을 모른다.

정확히 생후 2년 6개월 만에 어머니가

스물셋 젊은 나이로 돌아가셨기 때문이다.

그 뒤 어머니 대신 나를 보살핀 것은

증조부, 증조모, 그리고 청상과부였던 조모.

그분들의 지극정성으로 나는 살아남을 수 있었다.

그분들이 돌아가신 지 어언 6, 70년,

나는 그분들보다도 더 오래 살아

여든을 넘긴 지도 몇 해가 된다.

그러나 아직도 그분들은 마음 졸이며 지켜보신다.

아직도 나는 막 걸음마를 뗀 어린아이.

아니면 옛집 사랑방 큰할아버지 옆에서

벼루에 먹을 갈아 글씨도 써보고 그림도 그려보는 아이.

그리고 내 등 뒤에서는 아직도 대견스러운 눈빛으로

나를 지켜보고 계시는 세 분 어른들!

김종길「여든을 넘긴 아이─나의 자화상」(2011)

유 아기의 인간은 부모를 자신의 모델로 생각한다. 남자아이는 아버지보다 어머니를 동일화하며 자신과 혼동하기도 한다. 유아는 어머니에게 절대적인 신임을 주며 어머니 안에서 질서를 배우며 성장한다. 이상적 자아로서 어머니는 분리될 수 없는 아이의 처음이자 끝이 된다. 그러나 유아기 때 어머니의 부재는 성인이 된 후에도 강한 콤플렉스로 작용한다. 이러한 콤플렉스를 가지고 있는 화자는 "어머니의 얼굴을 모른다/정확히 생후 2년 6개월 만에 어머니가/스물셋 젊은 나이로 돌아가셨기 때문이다"라고 편안한 어조로 진술한다. 죽은 어머니에 대한 트라우마를 극복할 수 있었던 것은 증조부, 증조모, 조모가 어머니 역할을 했기 때문이다.

돌아가신 이들이 "아직도 마음 졸이며 지켜보신다"는 언술에서 화자에게 올바른 도덕관과 가치관을 심어주기 위해 지난했던 이들의 헌신이 느껴진다. 80세가 넘었음에도 시인은 "막 걸음마를 뗀 어린아이"라는 역설을 통해 이들이 어머니의 상실된 공간을 채우고 있음을 실감하게 한다. 지금도 생과 사를 넘어서 화자는 이들과 옛집에 머물면서 글씨와 그림을 배웠던 가르침을 새기고 있다. "나를 지켜보고 계시는 세 분 어른들!"은 정신적 상징화인데, '어머니'라는 대상의 부재가 '증조부', '증조모', '조모'로 대체되고 있다.

김종길(1926~)

출생지

충청남도 홍성

등단지

1947년 『경향신문』 신춘문예에 시 「문」이 입선되어
등단

주요작품

『성탄제』, 『하회에서』, 『황사현상』, 『해가 많이 짧아졌다』, 『해거름 이삭줍기』, 『그것들』, 『솔개』 등이 있다.

하늘 아니면 땅만 보고 걷는 사람.
유월이면 장미의 마스크를 쓰는 사람.
가스와 소음이 제일로 싫은 사람.
가슴 속에 시냇물이 흐르는 사람.
시정에 살면서도 보이지 않게 사는 사람.
저녁이면 금성과 통신하는 사람.

박희진 「자화상」(1985)

시 인은 비극적인 현실을 어떻게 견뎌내는가? 우리는 한 편의 시를 읽으며 시인이 세계를 견인하는 시적 동력을 볼 수 있다. 여기서 실재하는 존재의 간절함을 시적인 것으로 승화시키는 현실 속 '날'것을 생생하게 만나게 해준다.

이 시는 암담한 현실 세계에서 '초월적 세계 너머'로 나아가는 과정을 탐색하고 있다. 시인은 "하늘 아니면 땅만 보고 걷는 사람"으로서 하늘의 뜻과 땅의 이치를 따르는 사람이다. 그런데 "유월이면 장미의 마스크를 쓰는 사람"이 되는데, 이는 군부독재 시절 죽어간 민중들의 죽음을 애도하며 "가스와 소음이 제일로 싫은 사람", 즉 평화주의자이자, 낭만주의자로서 "가슴속에 시냇물이 흐르는 사람"으로 조용히 자신의 길을 가며 "시정에 살면서도" 정치적인 것에 관심을 두지 않는다고 말한다. 그러면서 "저녁이면 금성과 통신하는 사람"이라는 신비적 세계관을 보인다. 이것은 부정과 부조리라는 참혹한 현실에 대한 돌파구로 불안한 감정과 충동을 억제하는 방어기제로 작용한다.

시인은 민중들과 함께 불의에 대항하며 투쟁하지 않고 '금성과 통화'하는 공상을 하면서 현실과 격리되어 '초월적 세계 너머'로 향하고 있다. 시인이 처한 비극적인 현실에의 용납하지 못하는 내적 갈등을 방해하는 현실 도피적인 '지식인의 자화상'이라고 할 수 있다.

박희진(1931~)

출생지
경기도 연천

등단지
1955년 『문학예술』에 시 「무제(無題)」, 「허(虛)」, 「관세음상에서」 등이 추천되어 문단에 데뷔

주요작품
『실내악』, 『청동시대』, 『미소하는 침묵』, 『빛과 어둠의 사이』, 『서울의 하늘 아래』, 『4행시 134편』, 『가슴속의 시냇물』, 『라일락 속의 연인들』, 『화랑연가』, 『꿈꾸는 빛 바다』, 『바다 만세, 바다』, 『한 방울의 만남』, 『소나무 만다라』, 『이승에서 영원을 사는 섬들』, 『섬들은 외롭지 않다』 등이 있다.

긴 소나기가 지쳐 내린 어두운 밤이면,
녀석은
축축한 현관, 내 침실로 통한 층계 곁에서
젖은 구두끈을 오래도록 풀고만 있는 것이다.

내 이웃들과
넓은 교외의 그늘 아래서
숨찬 휴일을 쉬었다 돌아온 때,
녀석의 모진 손가락은
내 가난한 서재의 낡은 탁자 위에
심술궂은 애기들만을 길게 길게 늘어놓고 사라진다.

더러는
높은 가로수 밑을 홀연히 지나쳐 올 때,
나는 이상스런 비명을 가끔 만난다.
수목의 짙은 가지 위에서 하루를 길들이다
잘못 떨어져 내리는 녀석의 슬픈 흔적을.

어느 날은
나의 허술한 집 가까이
커다란 콘크리트 굴뚝 밑을 거닐었을 때,
녀석은 조용히 속삭였다.
「……그렇게 어려운 일은 아니네. 우리 같이 기어올라 보세.
등산하는 셈치고. 산 너머는 바로 그 과수원이 있거든……
인제는 그 늙은 주인 영감놈도 몹시 지쳤단 말이네!」
「듣기 싫어! 이 빌어먹을 녀석아!」
드디어 내가 소리쳤다.

— 허나,
몇 년을 두고 기어올랐던
내 인고의 등반은
사람들이 오고가는 비좁은 골목,
딸랑딸랑 세발자전거를 맴도는 어린애가 있었을 뿐……

녀석은 또,
내가 잠자리에 들기도 전,
먼지 낀 천정 위에 낡은 식탁을 가져다 놓고
긴 저녁의 산만한 접시들을 덜걱거리기 시작한다…… 그리고
내가 잠들어 있을 때는 어느 늙은 무희를 초대하여,
길게 늘어진 내 얼굴만을 밤새도록 흥보는 것이다.

정말,
어느 고물상 긴 거울 앞을 지나쳐 올 때라도,
우리는 서로 한번쯤 웃어 만날 수도 있을
그렇게 불행한 자들이 아닌가 마는
왜 녀석은
음흉한 소리와
보이지 않는 흔적들만을 남기고 사라지는 것인가?

나의 슬픈 형상을, 발걸음을,
항상 비웃기만 하던 이 가련한 녀석을,
바로 요 며칠 전,
나는 어느 호젓한 산비탈의 석양에서 붙들어 잡았다.

언젠가

검은 포화에 그슬린 어린 팔목을
낡은 군복 상의에 감싸고 서 있는
녀석은
슬픈 미소의 소년이었다.

녀석은 비에 젖었던 산비탈
내 가벼운 체중으로 상처난 발자국 위에,
그 발자국 위에 고인 흙탕물 속에서
언제까지나
언제까지나
그의 찢어진 팔목을 들어
웃고만 서 있을 뿐이었다.

임보 「자화상」(1959)

좌절, 그것은 의지가 꺾인다는 말이다. 계획이 실패로 돌아갔던 기억에는 '미성숙된 자아'가 자리하고 있다. 이때 감정은 약한 자아로서 현재에 관여하며 과거와 유사한 현실 속에서 실패를 경험하게 될 경우 어린 시절로 퇴행해 버리기도 한다. 이것을 막는 방어심리가 '저항'이다. 저항은 억압된 좌절을 의식적으로 방어한다.

우리는 실패한 고통스러운 의식을 떠올리면 얼굴이 빨개지고 당황하기도 하는데, 시인은 그것을 '녀석'이라고 낮추어 말한다. 그 녀석은 '어두운 밤이면' "내 침실로 통한 층계 곁에서/젖은 구두끈을 오래도록 풀고", "내 가난한 서재의 낡은 탁자 위에/심술궂은 얘기들만을 길게 길게 늘어놓고 사라"지기도 하는 "잘못 떨어져 내리는 녀석의 슬픈 흔적"이다. "이 빌어먹을 녀석"은 "비좁은 골목/딸랑딸랑 세발자전거를 맴도는 어린애"와 같이 "길게 늘어진 내 얼굴만을 밤새도록 흉보는 것"과 같이 "음흉한 소리와/보이지 않는 흔적"이면서 "나의 슬픈 형상"으로 나타난다. "항상 비웃기만 하던 이 가련한 녀석"을 잡았는데, "검은 포화에 그슬린 어린 팔목을/낡은 군복 상의에 감싸고 서 있는/녀석은/슬픈 미소의 소년이었다" 그 녀석은 '언젠가' 시인이 '좌절한 그림자'로서 저항하던 '의식의 흙탕물' 속에서 "언제까지나/그의 찢어진 팔목을 들어/웃고만 서 있"는 지금이라도 시간을 거슬러 올라가 취소하고픈 '억압의 얼굴'이다.

임보(1940~)

출생지

전라남도 순천

등단지

1959년 『현대문학』에 「자화상」으로 등단

주요작품

『우이동』, 『은수달 사냥』, 『날아가는 은빛 연못』, 『겨울, 하늘소의 춤』, 『임보의 시들·59~74』, 『목마일기』 등이 있다.

나는 프락치이다.

눈이 어두워 역사적 소명을 망각하고

부여된 책무도 방기하였으며

약자의 쪽에 서서 기꺼이 죽지 못한 채

추한 목숨 이어 여기에 섰다.

상식의 노예로 묶인 프락치인

내가

해온 48년 동안 여러분은 너그러웠다.

이제 역사 앞에 참회하고 나를 밝히니

각목으로 쳐죽이든, 신나 뿌린 방에 불을 던져

태워죽이든 뜻대로 하라

이제 더 이상 숨을 곳이 없음을 통감하고

양심선언의 자리에 섰다

나는 프락치이다.

이건청 「하이에나─양심선언」(1990)

양심 선언, 그것은 개인이나 집단의 '비리' 혹은 '부정'을 폭로하는 일이다. 자신의 죄를 스스로 사회에 드러낸다는 점에서 자아 비판적이다. 자아 비판은 참과 거짓, 선과 악, 옳고 그름 등에 관한 비판적 사고가 선행되어야 하며, 그것에 반응하는 용기가 필요하다. 이러한 사고를 통해 얻은 용기는 반대로 자신의 내부를 공격한다.

이것은 공격적인 성향이 자기에게로 전향된 것으로서 화자는 '프락치(fraktsiya)'라고 자신을 첩자로 여기고, "역사적 소명을 망각"하고 "부여된 책무도 방기"하면서 "약자의 쪽에 서서 기꺼이 죽지 못한 채/추한 목숨 이어 여기에 섰다"라고 폭로한다. 근본적인 요인이 '상식의 노예'라는 점에서 사리분별에만 관심을 가진 채 살아온 자아를 비판하는 것이다. 이른바 화자는 민주화로 촉발된 시대적 담론에 대해 동참하지 못한 책임을 '죄'로 인식하고 균열된 형태로 부도덕성을 보인다. 이 자아 비판적 폭력은 사회와 밀접한 관계를 맺고 있으며 "역사 앞에 참회하"는 시인의 고백적 목소리로서 "각목으로 쳐죽이든/태워죽이든 뜻대로 하라"고 자신의 행동을 이제 와서 취소하지 못하는 것에 대해 거친 공격성을 나타낸다. 이는 부패한 사체를 먹고 사는 하이에나처럼 죽은 의식으로서 당시 독재라는 카테고리를 끊지 못하고 현실에 안주하거나, 사상에 칩거하였던 지식인들을 '시대의 하이에나'라고 통칭하여 풍자하며 고발하는 것이다.

이건청(1942~)

출생지
경기도 이천

등단지
1970년 『현대문학』에 시 「손금」, 「구시가(舊市街)의 밤」, 「구약」이 박목월의 추천을 받아 문단에 등단

주요작품
『이건청시집』, 『망초꽃 하나』, 『청동시대를 위하여』, 『코뿔소를 찾아서』, 『석탄 형성에 관한 관찰 기록』, 『소금창고에서 날아가는 노고지리』, 『움직이는 산』 등이 있다.

나를 싫어하면서

내 속으로

들어오는 나

내 안에 있는

모든 것을 증오하며

결단력으로

나를 떠날 것

어떤 의미도 두지 말 것

차라리 차가운 잠에

빠져 있게 할 것

낭떠러지에

거꾸로 처박혀도

착각도 오류도 아니라고 믿을 것

그리고 속성대로

철저히 어리석어질 것

세상 일에 눈을 감은 채

마음놓고

어두워져갈 것

김초혜 「나에게」(1998)

자기혐오는 자신에 대한 부정적인 의식이다. 그것은 넘을 수 없는 이상과 고립된 현실 사이에서 빚어지는 내면의 갈등 때문에 세계의 반항적인 태도나 자기 공격성을 드러낸다. 그러나 자기혐오감을 통하여 새로운 자기를 확인하고 변신하려고 하는 성숙한 시간이 되기도 한다. "나를 싫어하면서/내 속으로/들어오는 나/내 안에 있는/모든 것을 증오하며/결단력으로/나를 떠날 것"이라고 자신을 부정하고 증오하면서 '자신을 떠날 것'이라는 '결단'을 보인다. 이때 의존명사 '것'은 확신에 찬 화자의 마음 다짐이다. 이를테면 "어떤 의미도 두지 말 것", "차가운 잠에/빠져 있게 할 것", "착각도 오류도 아니라고 믿을 것", "철저히 어리석어질 것"이라는 결심은 내부에서 내면을 함몰시킨 비장한 각오이다.

자아와 세계 간의 철저한 분리의식은 자신의 감정을 현실 의식에서 떼어내고, 자아와 세계를 격리시키려는 시도다. 그것의 원인은 "세상 일에 눈을 감은 채"에서 볼 수 있듯이 세계에 대한 부정적 의식에서 비롯되었다. 자아성취의 좌절과 고통스러운 현실을 의식적으로 무의식 세계로 분리함으로써 "마음놓고/어두워져갈 것"이라고 '은둔적 세계관'을 보이지만 화자는 '단절의 시간'을 통해 성숙하려는 의지를 담아내고 있다.

김초혜(1943~)

출생지
충청북도 청주

등단지
1964년 『현대문학』에 「길」로 등단

주요작품
『떠돌이 별』, 『사랑굿』, 『떠돌이별의 노래』, 『그리운 집』, 『고요에 기대어』, 『사람이 그리워서』 등이 있다.

유리창에 이마를 대고
모래알 같은 이름 하나 불러본다
기어이 끊어낼 수 없는 죄의 탯줄을
깊은 땅에 묻고 돌아선 날의
막막한 벌판 끝에 열리는 밤
내가 일천 번도 더 입 맞춘 별이 있음을
이 지상의 사람들은 모르리라
날마다 잃었다가 되찾는 눈동자
먼 부재(不在)의 저편에서 오는 빛이기에
끝내 아무도 볼 수 없으리라
어디서 이 투명한 이슬은 오는가
얼굴을 가리우는 차가운 입김
유리창에 이마를 대고
물방울 같은 이름 하나 불러본다

이가림 「유리창에 이마를 대고」(1981)

우리는 거울과 유리를 통해 안과 밖을 볼 수 있다. 거울과 유리는 경계이면서 투사된 세계다. 거울이 경계 안의 대상을 비춘다면 유리는 대상을 통과하여 경계 밖을 비춘다. 유리 뒷면을 수은으로 차단한 거울은 반사로서 외부와 단절하고 내부 세계만을 반영하지만 유리는 투과로서 안팎을 허물며 투영한다. 그래서 거울은 수용을, 유리는 확산을 가져다준다. 우리의 마음속에는 거울처럼 차단하고 싶어도 안 되는, 유리벽과 같은 기억이 존재한다.

시인은 "유리창에 이마를 대고" 내부에서 외부를, 외부에서 내부를 들여다보며 "모래알 같은 이름 하나 불러본다." 그리고 "기어이 끊어낼 수 없는 죄의 탯줄을/깊은 땅에 묻고 돌아선 날의/막막한 벌판 끝에 열리는 밤" 화자는 이별한 대상에 대한 간절한 그리움을 호출한다. '모래알 같은 이름 하나'는 "일천 번도 더 입 맞춘 별", "날마다 잃었다가 되찾는 눈동자", "투명한 이슬", "물방울 같은 이름 하나" 등의 은유로 나타난다. 이것은 잊을 수 없는 시인 내면의 '유리적 상상력'이 투사된 '빈곤의식'이며, 투영된 '슬픔의 얼굴'이다.

이가림(1943~)

출생지

전라북도 정읍

등단지

1966년 『동아일보』 신춘문예에 시 「빙하기」가 당선되어 문단에 등단

주요작품

「겨울 판화집」, 「프루스트의 편지」, 「다색(茶色)의 눈동자」, 「다섯시에서 일곱시 사이」, 「야경꾼」, 「오랑캐꽃」, 「팽이」, 「빙하기」, 「풀」, 『유리창에 이마를 대고』, 「슬픈 반도」, 「순간의 거울」 등이 있다.

어느 천재 시인이 일필휘지로
하루저녁에 휘갈겨 쓴 시집 한 권을
읽고 읽고 또 소리 내 읽는다
귀신 씻나락 까먹는 소리로
석 달 열흘이 걸려서야 다 읽었다
이 귀신이 필경
내가 미치는 꼴을 보고 싶겠지
낯선 거울 앞에서 나도
귀를 잘라버리고 싶다

정희성 「자화상」(2008)

예술가는 신경증적 기질이 있다. 신경증이 강할수록 외부로부터 분노, 수치, 절망, 죄의식 등을 느꼈을 때, 그 고통에서 해방되기 위해 극단적인 방법을 택하기도 한다. 고흐가 친구 고갱으로부터 고별을 통보받고 난 후 자신의 왼쪽 귀를 잘랐던 것은, 환청을 견디다 못해 신체의 일부를 자해하면서 고통을 차단하려고 했던 것이다. 마조히즘적인 고흐의 자화상에는 오른쪽 귀에 붕대가 감겨져 있으나, 이것은 거울을 보면서 그렸기 때문에 사실이 거울의 영역으로 오면서 한 번 더 분열된 것으로 보인다. 자신의 신체를 가학하는 고흐의 정신이상 행동은 친구였던 고갱과의 경쟁관계에서 비롯되었다.

이 시는 '천재 시인'이 붓글씨를 쓰듯 하루 저녁에 쓴 시집이지만 화자는 시편들을 난독하지 않고 경합을 벌이듯 100일 동안 걸쳐서 "읽고 읽고 또 소리 내" 낭독하며 윤문한다. 그러나 천재 시인의 시가 "귀신 씻나락 까먹는 소리로" 읽힌다. 여기서 천재 시인의 시는 이치에 맞지 않고 도무지 이해할 수 없는 중얼거림일 뿐이다. 귀신의 환청으로 들리며 "내가 미치는 꼴을 보고 싶어 하는 것 같다." 화자는 극단적으로 "낯선 거울 앞에서 나도/귀를 잘라버리고 싶다"라며 퇴행적 정신분열 증세로 나타난다. 시인은 소통 불능 시대의 시안과 감동이 없는 해체시와 난해시 등이 문학의 원천이자 생명인 서정성을 훼손시킨다는 것을 말하는 듯하다.

정희성(1945~)

출생지
경상남도 창원

등단지
1970년 『동아일보』 신춘문예에 시 「변신」으로 등단

주요작품
『답청』, 『저문 강에 삽을 씻고』, 『돌아다보면 문득』, 『한 그리움이 다른 그리움에게』, 『시를 찾아서』, 『술꾼』, 『첫고백』, 『세상이 달라졌다』 등이 있다.

나부끼는 갈대다
밤이면 자주 운다

돌인가 금강석인가
물결치는 꿈을 지녔다

언젠가 떨어진 별을
아직까지 본 자가 없다.

유자효 「내 영혼은」(2000)

영혼은 육체에 깃들어 있다고 믿는 '비물질적 실체'다. 시인은 이 실재하지 않는 비존재를 문학적 상상력으로 존재하게 한다. 볼 수도 만질 수도 없는 영혼을 '전이'된 물질로 드러낸다. '은유'적 표상으로 영혼을 간접적으로 다른 사물의 유사성과 연결한다. 라캉은 "은유를 한 기표가 다른 기표로 대체되는 과정에서 의미를 만들어 내는 것"이라고 했다. 은유란 한 기표를 다른 기표로 대체할 때 전이된 기표가 나머지 기표들과의 사이에서 기의를 생성하는 것을 말한다.

위의 시 "나부끼는 갈대다/밤이면 자주 운다"를 볼 때 '영혼은 갈대다'라고 정의되고 동시에 영혼과 갈대는 분리된다. 영혼이 갈대로 대체되는 기호 작용에서 '밤이면 자주 운다'라는 의미의 연상 고리가 생긴다. 갈대가 영혼의 자리에 대체되면서 영혼이라는 원래 기표는 갈대에 의해 새로운 기표의 기의가 되는 것처럼 갈대라는 기표는 밤이라는 기표의 기의가 된다. 영혼은 1연의 갈대-밤, 2연의 돌-금강석-꿈으로 변환되며, 무의식에서 대체된 사물을 연쇄로 불러오지만 "떨어진 별"인 영혼을 "아직까지 본 자가 없다." 시인은 평생을 기표-사물과 기표-사물 사이의 의미 작용으로 '내 영혼'을 찾아다니는 방랑자에 불과하다.

유자효(1947~　)

출생지

서울

등단지

1972년 『시조문학』에 「혼례」로 등단

주요작품

『성 수요일의 저녁』, 『떠남』, 『내 영혼은』, 『지금은 슬퍼할 때』, 『금지된 장난』, 『아쉬움에 대하여』, 『성자가 된 개』, 『여행의 끝』, 『전철을 타고 희말라야를 넘다』 등이 있다.

사람들이 앞만 보며 부지런히 나를 앞질러갔습니다
나는 산도 보고, 물도 보고, 눈도 보고, 빗줄기가 강물을 딛고 건너는 것도 보고
꽃 피고 지는 것도 보며 깐닥깐닥 걷기로 했습니다

사람들이 다 떠나갔지요
난 남았습니다
남아서, 새, 어머니, 농부, 별, 늦게 지는 달, 눈, 비, 늦게 가는 철새
일찍 부는 바람
잎 진 살구나무랑 살기로 했습니다
그냥 살기로 했답니다
가을 다 가고 늦게 우는 철 잃은 풀벌레처럼
쓸쓸하게 남아
때로, 울기도 했습니다

아직 겨울을 따라가지 않은
가을 햇살이 샛노란 콩잎에 떨어져 있습니다
유혹 없는 가을 콩밭 속은 아름답지요

천천히 가기로 합니다
천천히, 가장 늦게 물들어 한 대엿새쯤 지나 지기로 합니다

그 햇살 안으로 뜻밖의 낮달이 들어오고 있으니

김용택 「자화상」(2009)

빠름의 시대에 느리게 산다는 것은 기계적 시간을 버리고 자연적 시간을 가진다는 것이다. 느림은 속도에 얽매이지 않고 속도에서 벗어나게 해준다. 이럴 때 우리는 광대역 시대의 고속 통신망으로 길들여진 빠름을 느림으로 제어하게 되고, 자연친화적인 삶에 가까워진다. 느림을 통해 우리가 사는 세속적인 것을 지양하고 초탈하여 현실적 이해관계에서 해방될 수 있다. 속도를 지연시켜 주체와 대상 사이에서 그물망 쳐진 세계를 벗어나 본다는 것, 일정한 미적 거리를 통해 자신을 이탈시키는 것, 이것이야 말로 반어적 방어기제로서 느림이 가진 열림의 미학이 아닐까.

이를테면 "사람들이 앞만 보며 부지런히 나를 앞질러" 가는 뒷모습을 바라볼 때 "산도 보고, 물도 보고, 눈도 보고, 빗줄기가 강물을 딛고 건너는 것도 보고/꽃 피고 지는 것도" 보인다. 그렇지만 이렇게 사는 것은 만만치 않다. 그 결과 주변 '사람들이 다 떠나'가고 쓸쓸하게 홀로 남아 울기도 하지만 "새, 어머니, 농부, 별, 늦게 지는 달, 눈, 비, 늦게 가는 철새, 일찍 부는 바람" 등을 주시하게 된다. 이것은 고독을 마주하고 빠름의 시대로부터 벗어났을 때 인식할 수 있는 '초탈의 세계'다. 마치 "겨울을 따라가지 않은/가을 햇살이 샛노란 콩잎에 떨어져" 있는 풍경처럼 '진정한 아름다움'은 '빠름의 유혹'이 아니라 '느림의 미학'으로서 느림이 빠름을 극복하는 '자연적 대안'이다. 이 시는 '빠르게 소멸'되어 가는 '빠름의 시대'에 "가장 늦게 물들"이는 방법을 '자전적 체험'으로써 승화시키고 있다.

김용택(1948~)

출생지

전라북도 임실

등단지

1982년 창작과 비평사의 『21인 신작시집』에 연작시 『섬진강』을 발표

주요작품

『맑은 날』, 『꽃산 가는 길』, 『누이야 날 저문다』, 『그리운 꽃 편지』, 『그대, 거침없는 사랑』, 『강 같은 세월』, 『그 여자네 집』, 『콩, 너는 죽었다』, 『그리운 꽃 편지』, 『누이야 날이 저문다』, 『나무』, 『그대 거침없는 사랑』, 『그래서 당신』, 『수양버들』, 『키스를 원하지 않는 입술』 등이 있다

흔들리는 날에는
가슴에
나무를 심었다.

더욱
흔들리는 날엔
나무 안에
나를 심었다.

촛불을
삼키고 섰는
그대 안에
별을
심었다.

민병도 「그대 안에」(2001)

시는 채우지 못한 세계의 갈증을 정신적으로 보충하려는 노력이다. 시인은 시어로서 주체를 유지하며 자아의 결함을 복원하여 정신적 균형을 이루고자 한다. 이는 자기만족으로서 자아와 타자, 자아와 세계를 공감하려는 시적 소통 방식이다. 그리하여 시는 상상을 통해 외부의 성격을 내부로 이입하여 또 다른 인격으로 변화를 이루어 낸다.

　이 시에서 보여주듯 자아의 합일을 이루는 동일화에는 동화와 투사가 있다. 동화는 세계를 자아로 들어오게 하여 자아화하는데, "가슴에/나무를 심었다"라고 '나무'인 외부가 '가슴'인 내부로 들어온다. 투사는 자아를 세계로 들어가게 하여 세계화하는데, "나무 안에/나를 심었다"라고 '나'인 내부가 '나무'인 외부로 들어간다. 이는 "흔들리는 날"의 주체인 자아와 "더욱/흔들리는 날"의 객체인 세계의 갈등과 대립에 있던 시인의 감정이 소실됨으로써 자아와 세계를 통합하려고 한다. 따라서 '동화'는 '세계의 자아화'라고 할 수 있고, '투사'는 '자아의 세계화'라고 할 수 있다.

민병도(1953~　)

출생지

경상북도 청도

등단지

1975년 『현대시학』에 시조 「낙엽기」로 등단

주요작품

『장국밥』, 『들풀』, 『원효』, 『새벽산』, 『나무의 나이』, 『가을』, 『대어(大漁)』, 『흙』, 『삼경』, 『물』, 『칼의 노래』 등이 있다.

젊은 날 자신 있고 밝은 자화상을 많이 남겼는데
무엇 때문에 다시 늙은 얼굴을 그리려 했을까
맑은 빛이 사라진 눈을 왜 정성 들여 그렸을까

뜨겁지도 차갑지도 않은 이마를 덮고 있는
억세지도 곱지도 않은 머릿결
지나온 날처럼 굴곡이 심한 얼굴 곳곳의 그늘과
그를 오랫동안 따라다닌 불행이 화폭 밖으로
흘러내리는 자화상을 왜 그리고 있었을까

사월 들풀처럼 푸르게 타오르지도 않고
한겨울 나무처럼 처절하게 견디고 있는 것도 아닌
늦가을 오후의 지친 나뭇잎 같은 모습을
꾸미거나 애써 감추려 하지 않고
왜 꼼꼼하게 그려 넣었을까

있는 모습 그대로의 제 얼굴을 정직하게
그려서 남기려 한 이유는 무엇이었을까
부끄러운 모습을 감추려 하지 않은 까닭은

도종환 「늙은 자화상─렘브란트 '성 바울 풍의 자화상'을 보고」(2006)

자화상은 회화로서 자기를 모방하지만 거기에는 또 다른 인격이 존재한다. 이것은 닮고자 하는 것에 가치와 의미를 두고 자신의 것으로 전이하려는 욕망이다. 이 욕망은 자아실현 형성에 큰 역할을 하는데, 타자의 성격이 주체의 내부로 유입된다. 이렇게 인격적인 대상을 닮아가기를 바라는 우리는 그 대상을 모방하면서 자신을 검열하기도 한다.

'근대적 명암의 시조'라고 평가 받는 화가 렘브란트(1606~1669)의 '늙은 자화상'은 사도 바울의 동일시다. 바울은 기독교인들을 박해하다가 회개하고 유대인에게 예수의 복음을 전한 인물이다. 렘브란트는 바울이라는 인물에 천착하고, 자신의 인격을 취소하고 그 대신 상대방의 영감을 자신의 이미지를 동화시키려고 한다. 그래서 자화상에 비친 '나—렘브란트'라는 실체에 '타자—사도바울'이라는 인식이 덧붙여져 그림으로 버무려진 것이다.

바울의 깨달음처럼 '젊은 날 밝은 자화상'에서 찾아볼 수 없었던 것을 '늙은 얼굴'의 내면에 집중함으로써 "지나온 날의 굴곡이 심한 얼굴"의 연륜 뒤에 찾아온 '곳곳의 그늘'로서 인간 한계의 깨달음과 노년의 아름다움을 알게 해준다. 이는 꾸미거나 감추지 않고 "있는 모습 그대로의 제 얼굴을 정직하게" 보여주는 것만이 "부끄러운 모습을 감추려 하지 않은" 것이라는 '신앙고백', 즉 사도바울의 '내면 얼굴'이다. 시인은 렘브란트가 바라보는 것을 화자가 바라보는 관람자로서의 액자적 구조의 형상화로 생동감을, 각 연에 '~을까'라는 의문형으로 시적 의미를 확보해 나간다.

도종환(1954~)

출생지

충청남도 홍성

등단지

1984년 동인지 『분단시대』에 「고두미 마을에서」 외 5편의 시를, 1985년 『실천문학』에 「마늘밭에서」를 발표하며 등단

주요작품

『고두미 마을에서』, 『접시꽃 당신』, 『내가 사랑하는 당신은』, 『지금 비록 너희 곁을 떠나지만』, 『당신은 누구십니까』, 『부드러운 직선』, 『슬픔의 뿌리』, 『해인으로 가는 길』, 『지금은 묻어둔 그리움』, 『모과』, 『사람은 누구나 꽃이다』, 『바다유리』, 『나무야 안녕』 등이 있다.

밥을 구하러 종각역에 내려서 청계천 건너
빌딩숲을 왔다가 갔다가 한 것이 이십년이 넘었다
그러는 동안 내 얼굴도
도심의 흰 건물처럼 낡고 때가 끼었다
인사동 낙원동 밥집과 술집으로 광화문 찻집으로
이런 심심한 인생에
늘어난 것은 주름과 뱃살과 흰 머리카락이다
남의 비위를 맞추며 산 것이 반이 넘고
나한테 거짓말을 한 것이 반이 넘는다
그러니 나는 가짜다 껍데기다
올해 초파일 절에서부터 오후 내내 마신 막걸리가
엄지발가락에 통풍을 데리고 와서
몸이 많이 기울었다는 것을 알려주었다
어제는 사무실 가까이 와서 저녁을 먹고 간 딸이
아빠 얼굴이 가엽다고 하였다
그러고 보니 나와 아버지가 돌아가신 나이가 똑같다
안구에 바람이 들어와서 건조하고
돋보기를 가지고 다녀야 읽고 쓰는데 편하다
맑은 날에도 별이 흐리게 보인다
하늘이 흐린 건 아닐 것이다
눈이 침침한 것은 밖을 보는 것을 적게 하라는
몸의 뜻인지도 모르겠다
광교 난간에 기대어 청계천을 내려다가 보는데
얼굴 윤곽이 뭉개진
물살에 일그러진 그림자가 나를 올려다보고 있다

공광규 「자화상」(2014)

플라톤은 철학을 생성과 소멸로 교란되지 않는 불변의 실재를 볼 수 있는, 학문을 사랑하는 마음가짐이라고 했다. 그러면서 철학은 '진리'와 '지혜'를 사랑하는 일이며 "모든 철학은 놀람에서 시작된다."라고 말한 바 있다. 철학이 '놀람'에서 비롯된다는 것은 자신의 무지를 모르기 때문이고 그것을 깨닫기 위해 우리는 노력한다. 기본적으로 철학은 존재 원리를 탐구하고 사유하는 과정으로서 존재 본질을 아는 것이다. 그러나 철학은 피상적인 현상이나 허구적 사물보다는 그 밑에 깔려 있는 의미를 발견하려는 데에 그 목적이 있다. 철학은 세계와 인간 경험에 관해 해석하고 근본 개념이나 원리를 탐구한다.

이 시의 화자는 20년 넘게 서울 빌딩숲에 살면서 자신의 얼굴도 때가 묻었다고 '놀람'으로 시작한다. 그리고 "늘어난 것은 주름과 뱃살과 흰 머리카락이다", "남의 비위를 맞추며 산 것이 반이 넘고/나한테 거짓말을 한 것이 반이 넘는다." 자신에 대한 존재적 탐구는 '가짜'이면서 '껍데기'라고 파악한다. 그리고 늙어가는 자신의 모습에 안쓰러워하는 딸과 자신의 나이에 돌아가신 아버지를 전치시킨다. "얼굴 윤곽이 뭉개진/물살에 일그러진 그림자가 나를 올려다보고 있다". '늙음'에 이르러 진리에 성큼 다가간 화자는 '근원적 실체'를 정면으로 관통했기 때문에 나를 바라보는 딸과 내가 바라보는 아버지를 만날 수 있는 '지혜'를 감득하는 것이다.

공광규(1960~)

출생지

충청남도 청양

등단지

1986년 『동서문학』에 시 「저녁1」 등 5편이 신인문학상에 당선되어 작품 활동을 시작

주요작품

『대학일기』, 『마른 잎 다시 살아나』, 『마침내 저버리지 못할 약속이여』, 『지독한 불륜』, 『소주병』, 『말똥 한 덩이』, 『그대 울어 세상 흔들때까지』, 『푸른울음을 삼키다』, 『담장을 허물다』 등이 있다.

PART 3

융의 분석심리학

내 안에 있는 감정의 유형을 찾아라

융의 분석심리학

칼 구스타브 융(Carl Gustav Jung, 1875~1961)은 인간의 무의식에는 본능적으로 파괴적이고 공격적인 성격만이 아니라 건설적이고 예술적인 창조적 측면도 있다고 보았다. 융의 분석심리학에서 중심적인 의미와 기능을 하는 원형은 자아에서 시작된다. 프로이트가 무의식을 강조한 반면 융은 자아를 의식 속에 존재하는 마음(영혼)의 중심으로서 인간의 행동이나 인식의 주체로 작동한다고 했다.

성격 구조
■ 자아는 의식 속에 지각, 기억, 사고와 감정으로 구성되어 있으며 자신과 외부에 대한 모든 지각을 포함한다.

■ 개인적 무의식과 집단적 무의식
- 개인적 무의식은 프로이트의 무의식과 유사하며 상실된 기억이나 불쾌한 기억이 복합적으로 억압되어 있다. 인간의 감정, 사고, 지각 등은 무의식에서 복합적(complex)으로 존재한다.
- 집단 무의식은 잠재된 기억의 저장소로서 원형적(archetypes)이며 집단 무의식에 조직적으로 구성되어 있다.
- 민족, 태양, 신화, 뱀 등의 상상력은 원시시대로부터 유전적으로 내려온다.

■ 페르소나
자아의 가면, 개인이 외부에 보이는 이미지로서 사회가 부과하는 역할, 사회가 자아에서 기대하는 배역이며 본성을 감추고 생활한다. '나'라는 개인은 가족, 사회, 세계 속에서 다양한 가면을 쓰고 있다. 나의 이미지는 사람들마다 다르게 나타나는데, 그것이 가면이다.

- **아니마와 아니무스**
  - 정신 안에 영혼이라고 일컫는 '아니마(anima)'는 남성의 정신에 내재되어 있는 여성성의 원형을, '아니무스(animus)'는 여성의 정신에 내재된 남성성의 원형을 말한다.
  - 주체 내면의 남성 자아의 여성성과 여성 자아의 남성성은 기존의 생물학적 성(sex) 개념에 의해 남성과 여성을 구분하는 방식에 의문을 제기했다. 남성은 내면의 여성성을 억압함으로써, 여성은 내면의 남성성을 억압함으로써 사회적으로 규정된 남성 또는 여성이 되지만 아니마 그리고 아니무스와의 인격적 통합으로서 자아실현을 이룰 수 있다고 했다.

- **그림자**
  융은 인간 성격의 부정적인 부분에는 개인이 숨기고 싶은 불유쾌한 요소인 열등하고, 가치 없고, 열악한 부분인 '어두운' 그림자가 있다는 것을 강조한다. 실재하는 모든 것은 그림자를 드리우는데, 자아와 그림자의 관계는 빛과 그늘의 관계와 같다. 이 그림자가 자신의 민낯을 보게 하고 퇴행하기도 하지만 자신을 뒤돌아보게 하고, 인간답게 만들어 주기도 한다.

심리적 유형
  내향성과 외향성 성격을 이루는 사고, 감정, 감각, 직관 등 네 가지 유형의 기능

- **사고 : 관념적, 지적인 기능으로서 사유하고 추리하는 분석적 능력**
  - 외향적 사고유형은 객관적 세계를 탐구하는 데 전력투구하는 유형으로 감성 억압을 잘하지만 인간미가 없고 냉혹하며 교만하게 보인다.
  - 내향적 사고유형은 사색적이고 철학적이며 완고하기 때문에 극단적인 경우 내적인 탐구가 현실성이 없을 수 있다.

■ 감정 : 희로애락 등의 주관적 경험 기능으로서 기쁘고, 불쾌하고, 사랑하고, 즐거움을 느끼는 능력
- 외향적 감정유형은 변덕스러우며 상황에 따라 감정이 빠르게 변하며 사람에게 강한 애착을 보이다가도 쉽게 변하고 과시적이며 기분에 따라서 좌지우지된다.
- 내향적 감정유형은 말이 없고 우울해 보이고 감정 표현을 잘하지 않으며 침착하고 자신 있는 인상 때문에 가까이하기 어렵고 마음을 헤아리기 어려운 유형이다.

■ 감각 : 지각적, 현실적 기능으로서 시각, 청각, 촉각, 후각, 미각 등에 빠르게 반응하는 능력
- 외향적 감각유형은 현실적이고 실제적으로 깊이 있는 생각을 하지 않으려는 유형이며 쾌락과 유흥을 좋아한다.
- 내향적 감각유형은 자신의 정신적 감각에 충실하며 수동적이고 자제력이 있는 것처럼 보이지만 타인에게 무관심하고 자신을 이해시키기 어렵다.

■ 직관 : 무의식적으로 사물의 전체를 순간적으로 직감하는 기능으로서 경험에 의존하지 않고 사태를 파악하는 비논리적 정신 능력
- 외향적 직관유형은 엉뚱하고 다소 불안정하며 호기심이 많고 열정적인 데 비해 신뢰하기가 어렵다.
- 내향적 직관유형은 예술가들에게 많이 나타나는 유형으로서 현실감이 부족한 사람으로 보이지만 직관에 따라 새로운 가능성을 찾고 창조적이다.

융학파의 마음을 읽는 나침판

융학파는 마음을 하나의 '나침판'으로 보여주면서 일반적으로 사람을 보는 방법 중 하나로 설명하고 있다. 이 나침판의 각 점은 네 가지로 연결되어 있지만 각 점은 반대의 대극을 갖고 있다. '사고형'의 대극은 '감정형'이므로 가장 발달되지 않은 부분은 '감정'이며, '감각형'의 대극은 '직관형'이므로 '직관'이 가장 약하다고 볼 수 있다.

이를테면 우리 주변의 감정형 성격의 소유자는 문제에 봉착했을 경우 저울질하고 평가하는 데 있어서 그것이 '왜 그런가?'에 대한 분석이나 이해 없이 '그냥 좋다, 혹은 그냥 싫다' 등과 같이 주관적으로 생각하려고 하는 경향이 있다. 반대로 사고형은 '왜 그런가?'에 대한 분석이나 이해 속에서 사유하고 추리하며 모든 것을 객관적인 판단에 가치를 두고 의미를 형성하려고 한다.

다만 개인에게 이 네 가지 유형 중 어떤 하나가 강하거나, 약하게 있으면서 어느 정도 중복적으로 내포되어 있다. 감각형의 사람은 사고와 감정이 비슷하게 의식 속에 분포되어 있는 반면 사고형의 사람은 감각과 직관이 비슷하게 분포되어 있을 수 있다.

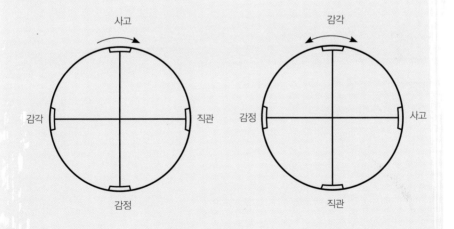

감람의 숲 허무러진 언덕 밑
썩어 골은 더러운 못물에,
곰팡스른
거미줄 엉키운 내 갈색의 두골은

밤 피리 늦겨 떨리는 선율을 따러,
먼 ─ 하늘에
노래부르는 흰구름과
코우슴 치다.

낡은활(弓) 달은 구리살(銅失)로,
삼나무에 걸리운
흰무지개를
쭉지부러진 내 팔둑으로 쏘으랴하다.
아 ─ 쭉지부러진 내팔둑으로!

활은 부스러졌으며 구리살대는
썩어 골은 더러운 못물에 잠겨버렷다.
내팔쭉지는 떨러져
흰무지개에 걸리워잇다.

86

아－나는 추한 자이다. 불구자이다.

내 원하노라

만사람우에,

이 더러운 꼴은 보이게 하기를.

내 희멀금한 눈깔에

눈물의 흔반을 보게 하기를.

오! 신이여 마여

나에게 저주를 달라.

나의 묵근 화환은

영원히 씀벅어리는 금별우에

번쩍거릴 뿐이다.

내 드러운 불구의 두골은

내 녹슬은 령과 아울러,

썩은 골은 못물에 떠돌며,

내 불구의 손으로 묵근 화환과

나에게 봄우슴을 보내는 금빗별에게

쓸쓸한 우슴을 더질 뿐이다.

87

나는 生命의 불꽃 숨은

고초언덕에 검은 밤을 안어

말은 풀숲을 헤치여,

내 쓰린 눈물과 코물을 뭇으랴한다.

그리하야 일년, 십년, 백년일만년—

몇 겁 뒤에라도

내 눈물 마시고 청청한 풀이 나게 하기 위하야

아—나는 그엔 얼마나 깁부랴 조흐랴.

박종화 「자화상」(1923)

이 시는 근·현대시에 나타난 최초의 자화상 시편이다. 1연에서 3연까지 보여주듯 화자의 의식은 이상세계를 추구하고 싶지만 일제 강점기의 절망적이고 혼란스러움 때문에 세계의 부정성과 무기력함만이 가득하다. 화자의 인식은 "감람의 숲 허무러진 언덕 밑"에서 빛과 그림자로 대치된다. '감람 숲'은 평화롭고 생명성이 있는 이상적인 세계이지만 현실은 "썩어 골은 더러운 못물이고, 곰팡이가 생기고 거미줄 엉킨" 신화적 세계다. 의식이 "썩어가는 더러운 거미줄에 걸린 갈색 두골"이라는 시공간은 함몰된 시인의 세계관이다.

화자는 절망적인 현실에서 '먼 하늘'의 이상세계에 도달하기 위해 '신', '악마'에게 영혼을 팔아서라도 날아가고 싶지만 "날개 죽지가 부러져 흰 무지개에 걸려 있어" 움직이지 못한다. '흰 무지개'는 희망 없는 패배자적인 그림자로서 이상세계에 가지 못하는 현실의 불안감을 증식시키거나 절망을 증폭시킨다. 그러나 시인이 '추한 불구자'로 남을지라도 '생명의 불꽃'을 가지고 "이 땅의 암울한 밤을 안고 풀숲을 헤치고 쓰린 눈물과 코를 묻겠다"는 가학적인(sadism) 다짐 속에서 '독립'에 대한 필사적인 의지를 찾을 수 있다.

박종화(1901~1981)

출생지

서울

등단지

1920년 『장미촌』 창간호에 「오뇌의 청춘」과 「우유빛 거리」 등을 발표하면서 본격적인 작품 활동을 시작

주요작품

『흑방비곡』, 「금삼의 피」, 「다정불심」, 『청자부』, 『월탄시선』, 「양녕대군」, 「월탄삼국지」, 「세종대왕」 등이 있다.

돌과 돌들이 굴러가다가 나를 두들기고,
모래와 모래가 쓸려가다가 나를 두들기고,
물결과 물결이 굽이쳐가다가 나를 두들기고,

너무도 기나긴 억겁의 세월,

햇살과 햇살이 나를 두들기고,
달빛이 나를 두들기고,
깜깜한 밤들이 나를 두들기고,
별빛과 별빛이 나를 두들기고,

아, 훌훌한 낙화가
꽃잎이 나를 두들기고,
바람이 나를 두들기고,
가랑비 소낙비 진눈깨비가 나를 두들기고,

싸락눈 함박눈 눈보라가 나를 두들기고,
우박이 나를 두들기고,
그 분노가 나를 두들기고,
회의와 불안,
고독이 나를 두들기고,
절망이 나를 두들기고,

아니, 사랑이 나를 두들기고,
끝없는 뉘우침
끝없는 기다림
갈망이 나를 두들기고
양심과 정의, 지성이 나를 두들기고,
진리와 평화
자유가 나를 두들기고,
겨레가 나를 두들기고,

끝없는 아름다움
예술이 나를 두들기고,

나사렛 예수
주 그리스도와 하느님,
말씀이 나를 두들기고.

박두진 「자화상」(1976)

이 시는 '두들기고'라는 현재형 시제가 모든 행간에서 반복된다. 동사 '두들기고'는 '두드리다'보다 거친 어휘이다. 내부의 충격은 외부의 타격이 선행되어야 움직임이 생성된다. 시인은 첫 연에서 '돌 − 모래 − 물결' 등으로 시어를 확장시키며 '나를 두들기고'라고 종결짓는다. 이러한 과격은 "너무도 기나긴 억겁의 세월" 동안 진행되었으며, 원형적 상징 속에서 그것들이 '나를 두들긴다'라고 함으로써 변화의 움직임을 보인다. 외부의 충격으로 자신을 각성하는, 피가학성(masochism)적인 성격을 지닌다. 이 감정은 신체적 고통이나 정신적 고통을 추구하며 현실에서 상대방이 자신을 때리고, 모욕하고, 위협을 가할 때 느낀다.

시인이 말하는 주체이자 욕망하는 주체로서 '햇살', '달빛', '별빛', '꽃잎', '바람', '가랑비', '눈' 등 자연은 가학적 대상이 되며 '분노', '회의', '불안', '고독', '절망', '사랑' 등 개인의 정신적인 영역에서 '양심', '정의', '지성', '자유', '겨레', '예술' 등 공적 영역으로 폭력성을 확장시킨다. 이러한 폭력에 순응하는 태도를 취함으로써 '끝없는 뉘우침'을 얻게 된다. 어휘의 반복과 시어의 차이는 연쇄적인 방식으로 전개되면서 의미를 지연하지만 마지막 연에서 "말씀이 나를 두들기고"에서 영적 언어가 '감각의 각성'이 되어 인식의 변화를 산출한다.

박두진(1916~1998)

출생지
- - - - - - -
경기도 안성

등단지
- - - - - - -
1939년 『문장』에 시 「향현(香峴)」, 「묘지송(墓地頌)」 등을 발표하며 작품 활동을 시작

주요작품
- - - - - - -
『청록집』, 『오도(午禱)』, 『거미와 성좌』, 『인간 밀림』, 『하얀 날개』, 『고산식물』, 『사도행전』, 『수석열전』, 『야생대』, 『포옹무한』, 『생각하는 갈대』, 『언덕에 이는 바람』, 『그래도 해는 뜬다』 등이 있다.

그 사람의 얼굴엔
코가 3분의 2
그래 20세기 후반기의
고집을 가진가 보다

거울을 본다
거울 속의 내 코는
이름 없는 능선

나의 거울에다
오줌을 갈긴다
아! 번져가는 오줌 속에
일그러진 모습이여

막걸리를 마시며
빈대떡을 먹는다
신통히도 나처럼
코가 낮은 사람들

내 고향은 지중해 근방도 아니다
강원도 어느 화전민들의 마을
그때 할아버지의 코가
그리도 낮았더란다

이것은 누구의 죈가
내 코가 낮은 것은
누구의 잘못이란 말인가
아무도 대답할 사람이 없구나

나는 그림을 그린다
얼굴의 3분의 2크기로
코를 그린다

황금찬 「자화상」(1970)

시인은 트라우마로 각인된 그림자를 언어로 묶으며 재현한다. 주체는 세계로부터 야기된 상처를 무의식에서 불러와 복원시키면서 트라우마의 변화가 생긴다. 개인적 무의식으로 코가 납작한 화자는 반대로 집단적 무의식으로 코가 얼굴의 '3분의 2'가 되는 서양인을 보면서 다소 과장된 어조로 "20세기 후반기의 고집을 가진"자 라고 명명한다. 그리고 거울을 보면서 자신의 코를 "이름 없는 능선"이라고 비유하며 "나의 거울에다/오줌을 갈긴다" 이렇게 폭력적인 심상으로 심상을 기호에 담아냄으로써 콤플렉스를 해소하며 환기시킨다.

'막걸리'와 '빈대떡'을 먹는 화자는 '지중해'가 아닌 '강원도 어느 화전민들의 마을'에서 태어나 할아버지의 코를 닮았고, 이것은 누구의 죄도 잘못도 아닌 한국적인 원형성을 깨닫게 한다. 여기서 시인의 콤플렉스는 시적 메타포로서 트라우마에 개입하게 되고, 트라우마가 정화 단계에 이르게 됨으로써 자아를 드러내며 존재를 확인시켜 준다. 이 시는 과거의 부정적인 경험들을 털어내고 현재를 긍정적으로 인지하게 됨으로써 "얼굴의 3분의 2크기로/코를 그"릴 수 있는 정서를 가질 수 있게 된다.

황금찬(1918~   )

출생지

강원도 속초

등단지

1956년 『현대문학』에 시 「여운」으로 등단

주요작품

『현장』, 『오월의 나무』, 『분수와 나비』, 『오후의 한강』, 『구름과 바위』, 『한복을 입을 때』, 『기도의 마음자리』, 『영혼은 잠들지 않고』, 『나비제』, 『언덕 위에 작은 집』, 『겨울꽃』, 『행복을 파는 가게』, 『음악이 열리는 나무』 등이 있다.

무금선원에 앉아
내가 나를 바라보니
기는 벌레 한 마리가
몸을 폈다 오그렸다가

온갖 것 다 갉아먹으며
배설하고
알을 슬기도 한다.

조오현 「내가 나를 바라보니」(2003)

존재론적 비유는 인간의 정서와 사건과 관념 등을 은유하여 실체를 보는 것에 연유한다. 사물을 인격화하여 물질적인 실체로 간주하는 언어행위다. 화자의 시선은 세계 안에 수많은 사물 중에서 '벌레'에게 포착된다. 그리고 벌레의 몸을 집중적으로 인식할 때, 자아와 벌레 사이의 경계가 무너진다. 화자는 "무금선원에 앉아/내가 나를 바라보니//기는 벌레 한 마리가/몸을 폈다 오그렸다가"라고, 화자의 몸과 벌레의 몸을 '치환'시킴으로써 벌레와 인간 존재가 다르지 않다는 존재의 실상을 보여준다. 인간 역시 '기어 다니는 벌레 한 마리에 지나지 않는다'는 것으로써 본연의 존재를 우의적으로 들여다보게 한다. 여기서 "온갖 것 다 갉아먹으며/배설하고/알을 슬기도" 하며 사는 벌레는 하찮은 미물이 아니다. 그것은 사물과 사물이 서로 넘나들며 모든 사물이 서로 얽히고설킨 복잡한 관계를 풀기 위한 해명이 된다. 마치 꿈처럼 그 속에서 내가 네가 되고, 네가 내게 들어오기도 하고, 서로에게서 나오기도 하는 반복과 재생을 통해 무의식적으로 아니마 안에 아니무스, 아니무스 속에 아니마를 발견하게 한다.

이렇게 참다운 '내'가 중생의 '나'를 바라보았을 때, 그것은 한낱 환영처럼 미망 속을 헤매는 존재를 깨닫게 되는 것이다. 따라서 인간 존재를 하잘것없는 사물로서 통달함으로써 고통과 번뇌 속에서 참다운 '나'를 확립해 가며 '고집멸도'의 경지에 이르게 한다. 시인의 명상 체험으로서 불교적 사유를 보여주고 있는 선시는, 초자연적이고 초월적 공간을 통해 세간을 들여다보는 구도자적 입장에서 '시'라는 '언어'와 '선'이라는 '명상'이 일원화되었다고 할 수 있는 바, 우리는 선시를 '언어의 명상' 또는 '명상의 언어'라고 부르게 된다.

조오현(1932~)

출생지

경상남도 밀양

등단지

1968년 『시조문학』에 「봄」, 「관음기」를 발표하며 본격적인 작품 활동을 시작

주요작품

「설산에 와서」, 「할미꽃」, 「석엽십우도」, 「석굴암대불」, 「죽는 법을 모르는데 사는 법을 어찌 알랴」, 「비슬산 가는길」, 「절간이야기」, 「아득한 성자」 등이 있다.

나무는
실로 운명처럼
조용하고 슬픈 자세를 가졌다.

홀로 내려가는 언덕길
그 아랫마을에 등불이 켜이듯

그런 자세로
평생을 산다.

철따라 바람이 불고 가는
소란한 마을길 위에

스스로 펴는
그 폭넓은 그늘……

나무는
제자리에 선 채로 흘러가는
천 년의 강물이다.

이형기 「나무」(1963)

나무라는 시적 소재는 다양하게 나타난다. 많은 시인들이 나무의 특성을 오브제로 시를 썼고, 여전히 진행형인 것으로 보아 흔하지만 낡은 은유는 아닌 듯하다. '나무'의 생장은 한 공간에서 순환과 상승 운동을 통해 보여준다. 순환적 상징으로서의 나무의 속성은 유기체적인 자연과 연결하며 자연의 순리에 따라 살아갈 것을 가리킨다.

이 시는 그런 자연의 모습 속에서 시인의 본성에 근접하려고 한다. 정신의 자유로움과 자연 속에 내재된 직립한 인간의 형상으로 나타나는 나무는 시간과 공간의 개념인 원형적이며 순환적인 시공간을 복수적으로 암시한다. 그리고 평생을 직립의 자세로 고독하게 사는 나무를 시인으로 환치하여 결합된 존재 방식에 접근하는 것이다. '조용하고 슬픈 자세를 가진' 이른바 시인의 운명은 밤이 되면 등불을 향해 산비탈에 쓸쓸하게 서 있고, "철 따라 바람이 불고 가는/소란한 마을길 위에" 서서 사물을 관조한다. 시인의 응시는 세계를 향해 뻗으며 언어의 가지를 치는데, 이것을 "스스로 펴는 그 폭넓은 그늘"이라고 언술한다.

나무와 시인은 분명 다르지만 외형과 내형의 이미지를 봉합하여 '조용하고 슬픈 자세', '스스로 펴는 그 폭넓은 그늘'이라는 고독을 흡수하는 의연함, 이러한 나무의 내구성으로서 "제자리에 선 채로 흘러가는/천 년의 강물이다"라고 말한다. 시인은 나무의 페르소나로서 근원적 외로움과 생명력, 그리고 바람직한 '시인의 표상'을 돌아보게 한다.

이형기(1933~2005)

출생지
경상남도 진주

등단지
1950년 『문예』에 「비오는 날」로 등단

주요작품
『적막강산』, 『돌베개의 시』, 『풍선심장』, 『알시몬의 배』, 『절벽』, 『존재하지 않는 나무』 등이 있다.

장례식에 참석한 사람들의 그림자가 물에 비쳤다.
나는 그 물을 액자에 넣어 마음에 걸어놓았다.
바라볼 때마다 그림자들은 물결에 흔들렸다.
그리고 나는 그림자들보다 더 흔들렸다.

정현종 「그림자」(1995)

융은 '그림자'를 무의식에 있는 자아의 어두운 면으로서 의식이 부정하거나 외면하는 성격이라고 했다. 이 부정적인 성격은 우리가 숨기고 싶은 불쾌한 요소로서 이른바 '비극적인 것'이라고 할 수 있다. 자신의 특성 중 가장 열등하고, 가치가 없다고 생각하는 부분이다. 자아는 '그림자라는 어두운 부분'을 지니고 있는데, 이것은 '빛과 그늘'의 관계와 같다. 그러나 우리는 그림자를 통해 인간 존재를 깊이 들여다보거나, 존재적 근원을 발견하게 된다. 말하자면 현존하는 모든 것은 필연적으로 '죽음이라는 그림자'를 가지고 있다. 이것은 살아 있는 것에 달라붙어 있는 '비존재'이며 생명을 '투사한 음영'이다. 우리는 이 죽음을 인정함으로써 의식적으로 삶과 죽음을 통합할 수 있고, 죽음에 대한 부정적 의식에서 자연스러울 수 있다. 그림자(죽음)는 존재와 분리될 수 없고, 제거한다는 것은 죽음을 맞이한 사람만이 가능하다.

시인은 "장례식에 참석한 사람들의 그림자가 물에" 투사된 것을 보게 된다. 죽음을 통해 죽음의 그림자가 사람들에게 드리워진 것을 발견하고 "나는 그 물을 액자에 넣어 마음에 걸어놓았다"라고 하면서 죽음–그림자를 인정한다. 죽음을 "바라볼 때마다 그림자들은 물결에 흔들"리는 것을 본다. 그리고 화자의 그림자(죽음)가 다른 "그림자들보다 더 흔들렸다"라고, 죽음을 집단적 무의식으로 인식하면서 영역 속에 함의된 '죽음의 얼굴'을 마주하게 된다.

정현종(1939~)

출생지

서울

등단지

1956년 『현대문학』에 시 「여름과 겨울의 노래」로 등단

주요작품

『사물의 꿈』, 『나는 별 아저씨』, 『떨어져도 튀는 공처럼』, 『세상의 나무들』, 『이슬』, 『갈증이며 샘물인』, 『견딜 수 없어』, 『광휘의 속삭임』, 『날자 우울한 영혼이여』, 『숨과 꿈』, 『프로스트 시선』, 『고통의 축제』 등이 있다.

바람 불어 흔들거리고
왼종일 내리는 장맛비에도
쉽게 젖어버린다.
내 몸은 저 혼자 설 겨를이 없구나.
그리움에 야위어 발을 헛디디고
어둠 속으로 더욱 깊은 어둠 속으로
자빠져 길을 잃는다.
내 몸은 언제나 성할 날이 없구나.
우리가 풀밭에 드러누워 별들을 보고
서로의 몸 어루만지면
우리 사랑 손아귀에 잡혀질까.
눈 감고 보면 비로소 보게 될까.

이성부「내 몸은」(1977)

우리의 몸은 서로를 구분해 주는 매체다. 내 안에 있는 몸과 정신은 부정되거나 억압할 수 없다. 몸 안에 정신이 있고, 정신 안에 몸이 있듯이 몸과 정신은 분리되지 못한다. 삶과 죽음도 몸의 공간 안에 공존하고 있다. 아니마와 아니무스라고 할 수 있는 이 둘을 독립할 수 없는 실체라고 할 수 있는 바, 둘 중 하나가 없으면 다른 것도 존재할 수 없다. 정신은 몸에 영향을 주고, 몸은 정신에 반응한다. 몸과 마음은 서로 인과적인 관계를 맺고 서로 독립할 수 없다. 이것이 서양의 전통의 물(物)과 심(心)을 구분하는 이원론적 사고방식이다.

무의식이 내장된 지대로서의 몸. 타자와 세계 간의 갈등, 반목, 충돌 등의 거주지다. 몸은 하나의 물질적 조건으로 구성된 단일성이 아니라 변화하는 연약한 존재로서 정신의 결핍을 보인다. 몸의 움직임은 운동−변화이고, 정신의 이동은 존재의−내적 성찰이다. 우리의 몸은 움직임으로 "바람 불어 흔들거리"는 운동이며 "장맛비에도/쉽게 젖어버"리는 변화다. 정신의 이동은 "그리움에 야위어 발을 헛디디"는 연약한 존재이며 "깊은 어둠 속으로/자빠져 길을 잃는다"라는 내적인 성찰을 보인다.

화자는 "내 몸은 저 혼자 설 겨를이 없구나" 또는 "내 몸은 언제나 성할 날이 없구나"라고 아니마와 아니무스처럼 몸과 정신은 분리된 독립적인 실체가 될 수 없음을 인식한다. 이 둘은 '하나의 우리'이며, 그것은 '서로의 몸'이 되는 것이다.

이성부(1942~2012)

출생지

전라북도 전주

등단지

1959년 『전남일보』 신춘문예에 시 「바람」이 당선되어 등단

주요작품

『우리들의 양식』, 『백제행』, 『전야』, 『빈산 뒤에 두고』, 『저 바위도 입을 열어』, 『우리 앞이 모두 길이다』, 『지리산』, 『작은 산이 큰 산을 가린다』, 『오늘의 양식』 등이 있다.

내 안에 한 여자가 있다
습지를 걸어온 퉁퉁 불은 고무신을 신고
3미터쯤 껑충한 갈대로 서 있다.
잎사귀 전부의 사유가
한번 환하게 터지는 9월쯤
꽃밭이었던 다년생초의 사랑
안쪽으로 벼까락처럼 말리고 나서
난청이 된 여자.
바람 소리 못 알아듣고
아무 때나 몸을 떨었다.

내 안에 바람에 홀린 한 여자가 있다.
한밤중 문 열고 나갔다가
이적지 돌아오지 않는
바람, 그 쪽만 바라보다
오십을 넘긴 한 여자가 있다.
아직도 세상을
철없는 힘으로 살아가는
바람 냄새 풍기는 한 여자가 있다

최문자 「자화상」(2003)

화자의 몸에 여성과 갈대가 함께 공존한다. 액자식 구조로 된 이 시는 '갈대의 몸'에 "안쪽으로 벼까락처럼 몸을 말리고 나서" 난청이 되어 "바람 소리 못 알아듣고" 아무 때나 몸을 떠는 '한 여자'가 있고, '한 여자의 몸'에 '바람에 흘려 집을 나갔다가 오지 않는 오십을 넘긴' '한 여자'가 또 있다. 여성의 몸과 갈대는 바람이라는 대항적 대립 속에서 원초적인 생명성 그리고 연약함을 의미한다.

시인은 여성과 자연의 합일을 통해 원초적 본능, 상실된 개체, 존재의 불안을 보여준다. 화자의 자기 개방은 '내 안에 한 여자'가 '습지를 걸어온 퉁퉁 불은 고무신을 신은 3미터쯤 되는 위태로운 갈대'로 출현한다. 그리고 여성과 갈대 사이에 "잎사귀 전부의 사유가/한번 환하게 터지는 9월쯤/꽃밭이었던 다년생초의 사랑"이라는 '원초적 본능을 회복'시키고, "안쪽으로 벼까락처럼 말리고 나서/난청이 된 여자/바람 소리 못 알아듣고/아무 때나 몸을 떨었다." '상실된 개체의 복원'을 시도하며, "아직도 세상을/철없는 힘으로 살아가는/바람 냄새 풍기는 한 여자가 있다"라고 '존재 자체의 불완전성'을 드러낸다.

시인이 자신의 몸을 열고 보여주는 이러한 시작이야말로 숨겨진 여성의 정체를 탐색하는 비밀스러운 도구가 된다. 이렇게 '온몸이 사유로서, 아무 때나 몸을 떠는, 바람 냄새 풍기는' 공간으로 집약되는 여성의 몸은 자아 정체성을 회복하는 '성스러운 장소로서 몸의 열락'을 이룬다.

최문자(1943~   )

출생지

서울

등단지

1982년 『현대문학』을 통해 등단

주요작품

『귀 안에 슬픈 말 있네』, 『나는 시선 밖의 일부이다』, 『마침내 나는 없다』, 『꿈을 꿀 때가 아름답다: 화답』, 『사막일기』, 『울음소리 작아지다』, 『봄보다 따뜻한 가을』, 『나무 고아원』, 『나한테 주어진 길』 등이 있다.

내가 돌보지 못해
묘비처럼 잊혀진
너의 얼굴

미안하다 악수 나눌 때
나는 떳떳하고
햇살은 눈부시다

슬픔에 수척해진
숱한 기억들을 지워 보내며
내일 향해 그네 뛰는
오늘의 행복

문을 열어라

나는 너를 위해
한 점 바람에도
흔들리는 풀잎

새 옷을 차려입고
떠날 채비를 하는
나의 오늘이여

착한 누이의 사랑으로
너를 보듬으면
올올이 쏟아지는 빛의 향기

어김없는 약속의
내일로 가라

이해인 「오늘의 얼굴」(2008)

사르트르의 "실존은 본질에 앞섰다."는 의미는 인간의 운명이 정해지거나 미리 주어진 것이 아니라 체질적으로 무엇이든지 될 수 있다는 가능성을 시사한다. 그래서 우리의 삶은 끊임없이 자신을 만들어 가는 오늘에 있다. 오늘은 어디 있는가. '지금-여기', '자신'이 위치할 때 비로소 '오늘'이 있다. 오늘은 어제 죽은 사람들이 볼 수 없었던 미래다. 현실에서 존재한다는 것은 오늘을 사는 것이다. 시간은 반복적으로 어제라는 과거에서 오늘이라는 현재로, 그리고 연속적으로 내일이라는 미래로 향하고 있을 뿐이다. 우리의 기대와 달리 시간의 '반복과 연속' 속에서 살아 있음을 검증 받는다. 우리의 '현존'은 과거도 미래도 아닌 이 순간을 '오늘'이라고 한다. 오늘을 말할 때 과거와 미래의 축적된 경험들의 실존이며, 오늘이 그 사이에 머물기 때문에 오늘은 오늘이면서 오늘이 아니다. 오늘은 "내가 돌보지 못해/묘비처럼 잊혀진/너의 얼굴"이며 "숱한 기억들을 지워 보내며/내일 향해 그네 뛰는" 운동성이 된다.

시인은 하루의 살아 있음을 "오늘의 행복"이라고 한다. 이 행복은 그 다음 연에서 "문을 열어라"에서 보여주듯 내일로 이어지지 못하고 닫혀 있다. 도래할 내일은 "한 점 바람에도/흔들리는 풀잎"처럼 불안하다. 오늘은 어제의 그림자이고 내일은 오늘의 그림자가 된다. 시인은 이 시간을 "새 옷을 차려입고/떠날 채비를 하는/나의 오늘"이며, 불확실한 내일을 "어김없는 약속"이라고 말할 수밖에 없는 '시간의 얼굴'을 보여준다.

이해인(1945~　)

출생지

강원도 양구

등단지

1970년 『소년』에 「하늘」로 등단

주요작품

『오늘은 내가 반달로 떠도』, 『사계절의 기도』, 『다른 옷은 입을 수가 없었네』, 『고운 새는 어디에 숨었을까』, 『내 혼의 불을 놓아』, 『민들레의 영토』, 『시간의 얼굴』, 『엄마와 분꽃』, 『꽃마음 별마음』, 『작은 위로』, 『작은 기쁨』 등이 있다.

상한 갈대라도 하늘 아래선
한 계절 넉넉히 흔들리거니
뿌리 깊으면야
밑동 잘리어도 새 순은 돋거니
충분히 흔들리자 상한 영혼이여
충분히 흔들리며 고통에게로 가자

뿌리 없이 흔들리는 부평초잎이라도
물 고이면 꽃은 피거니
이 세상 어디서나 개울은 흐르고
이 세상 어디서나 등불은 켜지듯
가자 고통이여 살 맞대고 가자
외롭기로 작정하면 어딘들 못 가랴
가기로 목숨 걸면 지는 해가 문제랴

고통과 설움의 땅 훨훨 지나서
뿌리 깊은 벌판에 서자
두 팔로 막아도 바람은 불듯
영원한 눈물이란 없느니라
영원한 비탄이란 없느니라
캄캄한 밤이라도 하늘 아래선
마주잡을 손 하나 오고 있거니

고정희 「상한 영혼을 위하여」(1983)

기독교 세계관에서 쓰인 이 시는 "상한 갈대도 꺾지 않으시고 꺼져가는 등불도 끄지 아니하시는 하나님"이라는 성경 구절을 모티브로 하고 있다. 신의 관용은 아무리 약하고 병든 존재일지라도 생명을 꺾지 않는 생명성의 고귀함을 부여한다. 여기서 상한 '갈대/인간'은 '하늘'과 '땅' 사이에 뿌리를 내리고 있는 존재다. 시적 주체를 지탱하고 있는 뿌리는 '하늘 아래' 속해 있으므로 '신'에 대한 '믿음/뿌리'는 현실을 극복할 수 있는 원천적인 힘이 된다. 오히려 "충분히 흔들리자 상한 영혼이여/충분히 흔들리며 고통에게로 가자"라고 하면서 고통을 부정하거나 회피하는 것이 아니라 고통과 직접 대면하고 돌파하고자 하는 현실 인식으로 강화된다. 이것은 "가자 고통이여 살 맞대고 가자"라는 식의 고통을 고통으로 극복하려는 동종요법 또는 고통을 통해 쾌락을 얻는 피학성적 사고가 담겨 있다.

시인은 '고통', '외로움', '설움', '바람', '눈물', '비탄' 등으로 얼룩져 있지만 빛, 환희, 기쁨 등과 같은 대조적인 방식으로 현실의 폭력을 마주하지 않는다. 예컨대 '폭력적 현실'의 '시대적 자화상'으로서 지금의 상황을 적극적으로 대처할 수 있는 것은 "캄캄한 밤이라도 하늘 아래선/마주잡을 손 하나 오고 있거니"라고, 어둠 속에서 도래하는 '신/희망'이 내재된 신화를 모티브한 원형적 상징성을 보인다.

고정희(1948~1991)

출생지

전라남도 해남

등단지

1975년 『현대시학』에 「연가」, 「부활과 그 이후」 등을 발표하면서 등단

주요작품

『누가 홀로 술틀을 밟고 있는가』, 『실락원 기행』, 『초혼제』, 『이 시대의 아벨』, 『눈물꽃』, 『지리산의 봄』, 『저 무덤 위에 푸른 잔디』, 『광주의 눈물비』, 『아름다운 사람 하나』 등이 있다.

거품 향기, 찬 면도날
출근길 얼굴
저미고 가는 바람

실핏줄 얼어, 푸른 턱
이파리 다 떨군
나뭇가지

낙하지점, 찾지 못해
투명한
허공 깊이 박혀

눈 거품 얇게
쓴
홍시 얼굴 하나

최동호 「얼음 얼굴」(2011)

칼 구스타브 융의 '분석심리학'은 집단 분리의식을 개인이 받는 고독과 고통이라고 하면서 집단의 유대관계 속에서 발생한다고 보았다. '분리의식'은 집단 무의식으로부터 개인 무의식이 생기고 그 이후에 분리의식이 나온다는 것이다. 개인 체험에 의하여 형성되는 개인 무의식과는 달리 인간이 공통적으로 지닌 보편적인 심리적 원형(archetypus)이 집단 무의식이다. 현대인은 자기실현(self realization)을 현실화하기 위해 집단 무의식을 의식화하면서 세계와 자아의 통합된 실현을 구현하려고 한다. 여기서 상실을 경험한 개인은 고립을 경험한다. 이것은 집단의 존재 목적이나 이상에 종속되는 과정에서 자기 소외에 빠지며 정체성의 상실이 일어난다.

이 시는 자기실현에 빠져 정체성의 혼란을 겪고 있는 현대인의 무의식을 보여준다. 그것은 현대인을 냉소적인 '얼음 얼굴'이라는 반사성으로 돌출한다. 얼음 얼굴은 외적 인격인 '페르소나'인 것이다. 이것은 꾸민 얼굴이 아니라 현대를 살고 있는 우리의 이미지이다. 이 시는 각 연과 각 행에서 시대의 가면을 벗기는데, '거품 향기', '실핏줄 얼어', '낙하', '눈거품'이라는 시어로서 현실의 무의식을 사고하게 만든다. 그리고 '면도날', '바람', '나뭇가지'를 통하여 날카롭고도 위태로운 오늘날을 극서정적으로 '홍시 얼굴'이라고 정의한다.

최동호(1948~)

출생지
경기도 수원

등단지
1976년 첫 시집 『황사바람』을 간행하고, 1979년 『중앙일보』 신춘문예 당선

주요작품
『황사바람』, 『아침책상』, 『딱따구리는 어디에 숨어 있는가』, 『공놀이 하는 달마』, 『불꽃 비단벌레』, 『얼음 얼굴』 등이 있다.

길을 가다가 우물을 들여다보았다
누가 낮달을 초승달로 던져놓았다
길을 가다가 다시 우물을 들여다보았다
쑥떡이 든 보따리를 머리에 이고
홀로 기차를 타시는 어머니가 보였다
다시 길을 떠났다가 돌아와 우물을 들여다보았다
평화시장의 흐린 형광등 불빛 아래
미싱을 돌리다 말고
물끄러미 네가 나를 쳐다보고 있었다
나는 너를 만나러 우물에 뛰어들었다
어머니가 보따리를 풀어
쑥떡 몇 개를 건네주셨다
너는 보이지 않고 어디선가
미싱 돌아가는 소리만 들렸다

정호승 「우물」(2008)

우 물에서 흘러나오는 기억을 들여다본다. 고향의 공간과 우물의 시간을 함께 나누던 가족들, 지금은 없지만 그리움을 퍼올리는, 곧 '우물'이다. 이 정서는 시인의 그림자로서 빈곤의식에서 직관적으로 오는 듯하다. 유년기 시인의 사랑과 이별, 상실의 대상을 길어 올린다. 이제 우물은 나르시시즘으로서 무의식에 투영된 이미지다. 화자는 우물을 통해 과거의 보여짐을 인식하고, 정체성을 발견하기까지 동일한 행동을 반복한다.

"길을 가다가 우물을" 세 번 들여다보는데, 그때마다 어떠한 물상을 호출해 낸다. '초승달', '어머니', '네'가 그것이다. '초승달'은 "누가 낮달을 초승달로 던져놓은" 것으로서 여위고 고달픈 과거의 삶이며, '어머니'는 "쑥떡이 든 보따리를 머리에 이고/홀로 기차를 타시는" 빈곤의식이며, '네'(누나)는 "형광등 불빛 아래/미싱을 돌리다 말고/물끄러미 네가 나를 쳐다보고 있는" 소외의식을 점층적으로 그려낸다. 화자는 유년 시절 누나—"너를 만나러 우물에 뛰어들"지만 "너는 보이지 않고", 어머니가 그리움의 보따리를 풀어 화자에게 쑥떡을 준다. 이같은 행동을 가능하게 하는 우물은 "어디선가/미싱 돌아가는 소리"처럼 가난했던 '빈곤의식의 산물'이지만 마르지 않는 '무의식의 저장고'가 된다.

정호승(1950~)

출생지
경상남도 하동

등단지
1972년 『한국일보』 신춘문예 동시 부문 「석굴암을 오르는 영희」로 등단

주요작품
『슬픔이 기쁨에게』, 『서울의 예수』, 『사랑하다가 죽어버려라』, 『외로우니까 사람이다』, 『이 짧은 시간 동안』, 『포옹』, 『연인』, 『항아리』 등이 있다.

나는 아무의 제자도 아니며
누구의 친구도 못된다.
잡초나 늪 속에서 나쁜 꿈을 꾸는
어둠의 자손, 암시에 걸린 육신.

어머니 나는 어둠이에요.
그 옛날 아담과 이브가
풀섶에서 일어난 어느 아침부터
긴 몸뚱어리의 슬픔이에요.

밝은 거리에서 아이들은
새처럼 지저귀며
꽃처럼 피어나며
햇빛 속에 저 눈부신 天性의 사람들
저이들이 마시는 순순한 술은
갈라진 이 혀 끝에는 맞지 않는구나.
잡초나 늪 속에 온 몸을 사려감고
내 슬픔의 毒이 전신에 발효하길 기다릴 뿐

뱃속의 아이가 어머니의 사랑을 구하듯
하늘 향해 몰래몰래 울면서
나는 태양에의 사악한 꿈을 꾸고 있다.

최승자 「자화상」(1981)

시에서 몸은 제2의 상징 언어다. 몸은 존재를 식별하게 해주는 성스러운 장소이면서 상스러운 공간이기도 하다. 특히 몸에 대한 감각에의 출발은 "어둠의 자손, 암시에 걸린 육신"으로서 비극적인 상징이 되기도 한다. 화자는 "긴 몸뚱어리의 슬픔이에요"라고 자신의 몸을 뱀으로 바라본다. 뱀은 신화적 상상력으로 다의성을 갖는데, 허물 벗는 뱀을 동양에서는 남근과 관련지어 생명과 부활을, 무속에서는 영적 재생과 육체적 재생을, 기독교에서는 타락을 상징한다.

화자의 몸은 "새처럼 지저귀며/꽃처럼 피어나며/햇빛 속에 저 눈부신 天性의 사람들"과 화합하지 못한다. 그것은 타락한 존재로서 세계와는 "갈라진 이 혀 끝에는 맞지 않"기 때문이다. 천형처럼 "잡초나 늪 속에 온 몸을 사려감고" 살아야만 되는 결여된 자의식에 대한 철저한 부정의식을 보인다. "내 슬픔의 毒이 전신에 발효하길 기다릴 뿐"이라고 자신의 몸에 스스로 만든 '독'이 퍼져가기를 갈망한다. '독'은 다음 연에서 '아이'로 발효된다. 마치 어머니 뱃속의 아이가 '독'을 품고 "사악한 꿈을 꾸고" 출생했다는 상스러운 비애, 그것은 이중적인 존재의 '감정적 언어'를 낳고 있다.

최승자(1952~   )

출생지

충청남도 연기

등단지

1979년 『문학과 지성』에 「이 시대의 사랑」 외 4편으로 등단

주요작품

『이 시대의 사랑』, 『즐거운 일기』, 『기억의 집』, 『주변인의 초상』, 『하늘이었으면서』, 『내 무덤 푸르고』, 『물 위에 씌어진』, 『쓸쓸해서 머나먼』, 『가을을 모으기 위한 기도』, 『연인들』 등이 있다.

당신 속에는 또 하나의 당신이 들어 있습니다

당신 속의 당신은 당신의 몸을 안으로 단단히 당겨 잡고 있습니다 그래서 당신의 손톱은 안쪽으로 동그랗게 말려들고, 당신의 귓바퀴 또한 당신의 몸속으로 소용돌이치며 빨려들고 있습니다 당신 속의 당신이 당신을 당겨 잡은 그 손을 놓는 순간 당신은 아마 이 세상에 없을 겁니다

당신의 얼굴은 당신 속의 당신이 당신을 팽팽하게 당기고 있는 모습 그대로 굳어져 있습니다 가끔 그 얼굴이 당신 밖의 내 얼굴로 기울어지기도 하고, 당신의 두 눈동자 속으로 나를 내다보는 당신 속의 당신을 내가 느끼기도 하지만 당신 속의 당신이 당신을 당겨 잡은 그 손을 놓은 적은 한번도 없습니다 당신은 여전히 팽팽히 당겨져 있습니다 당신의 얼굴은 그 긴장을 견디느라 이제 주름이 깊습니다

당신 속의 당신은 또 얼마나 힘이 센지 내 속의 내가 당신 속으로 끌려 들어갈 지경입니다

당신은 지금 붉은 포도주를 한 잔 마시고 치즈를 손에 들었습니다

내 속의 나는, 치즈는 우유로 만들어졌다는 걸 상기합니다 그리고 곧 이어서 그 우유는 어느 암소 속의 암소가 내뿜은 걸까 고민합니다

혹 당신이 멀리 떠나 있어도 당신 속의 당신은 여기에 또 있습니다 나는 당신 속의 당신을 돌려보내지도, 피하지도 못합니다

아마 나는 부재자의 인질인가 봅니다

내 속의 내가 단단히 나를 당겨 잡고 있는 동안 나 또한 살아 있을 테지만 심
지어 나는 매일 아침 내 속의 나로 만든 치즈를 당신의 식탁 위에 봉헌하고
싶어집니다

김혜순 「얼굴」(2004)

자아의 욕구를 억압하는 '두 얼굴', '내적 인격'과 '외적 인격'이 있다. 이 얼굴들은 외부 세계와 관계를 맺으면서 소통한다. 외부에 내보이는 이미지를 '페르소나(persona)'라고 하는데, 우리는 이 '가면' 쓴 얼굴로 자아와 자기를 분리하며 살아간다. 이 가면을 벗으면 "당신 속에는 또 하나의 당신이 들어 있습니다". 자아를 포장한 '자신의 분신'을 발견하고 자기(self)를 지탱하고 있던 자아(ego)를 마주한다. 그 내부는 "당신 속의 당신은 당신의 몸을 안으로 단단히 당겨 잡고 있습니다." 여기서 전자 당신은 외적 인격이고, 후자 당신은 내적 인격이 된다. 그것은 '손톱 안쪽', '귓바퀴', '당신의 몸', '치즈는 우유', '암소 속의 암소' 등으로 묘사되며, 외부에서 내부로, 자아에서 세계로 페르소나를 나타낸다.

"당신 속의 당신이 당신을 당겨 잡은 그 손을 놓는 순간 당신은 아마 이 세상에 없을 겁니다", "당신 속의 당신이 당신을 당겨 잡은 그 손을 놓은 적은 한번도 없습니다"라고 사회 영역에 편입되어 가면을 쓰고 살 수밖에 없는 강렬한 의지를 표출한다. 그것은 세계에 대한 강한 경계심으로서 사회의 법칙으로부터 자신을 보호하기 위한 전략으로 생기던 "당신의 얼굴은 그 긴장을 견디느라 이제 주름이 깊습니다." 세상으로부터 핍박받았던 시인의 처절한 '자기 연민'의 '기표/가면'을 드러낸다.

김혜순(1955~   )

출생지
경상북도 울진

등단지
1979년 『문학과 지성』에 「담배를 피우는 시인」 외
4편을 발표하며 등단

주요작품
『또 다른 별에서』, 『아버지가 세운 허수아비』, 『어느
별의 지옥』, 『나의 우파니샤드, 서울』, 『불쌍한 사랑
기계』, 『달력 공장장님 보세요』, 『한 잔의 붉은 거
울』, 『당신의 첫』 등이 있다.

온몸을 던지지
두터운 옷을 입고
조심스러운 듯이 관계를 하지만
실은 송곳같이 뾰족해진 몸으로
아슬아슬하게 살지
치욕은 입 속의 혀처럼
흉곽에서 자라나
쉴새없이 속삭이지만
소리내지 않게 꼭 다문 입술의
가슴을 안아들고서
비면 비, 바람이면 바람 속에서
온몸을 내놓고 살지
온몸을 던지며 살지

나해철 「지금, 자화상」(2004)

우리는 일상에서 사물과 숨겨진 관계에 놓여 있다. 인식의 주체는 주관적인 것으로서 주체는 대상의, 대상은 주체의 내면에 있다. 사실 있는 그대로 존재 내면을 보일 수도, 보여줄 수도 없다. 그러나 주체는 외부의 자극이나 사유의 대상 없이는 스스로 존재하지 못한다. 주체는 대상과의 마주침에서 '살아 있다'는 것을 경험하게 된다. 그것은 '현존하는 몸'이라는 장소에서 '온몸을 던지'며 외부 세계와 관계 맺으면서 내면 세계와 소통한다.

그림자와 같이 "두터운 옷을 입고" 있는 무의식의 열등한 인격이며 자아의 어두운 면이다. 열등한 인격은 "조심스러운 듯이 관계를 하지만/실은 송곳같이 뾰족해진 몸" 자아의 어두운 면이 숨겨져 있다. 이 가면이 언제 벗겨질까 "아슬아슬하게 살지." 페르소나를 드러내는데, 화자의 '꼭 다문 입 속의 혀', '치욕'이다. "입 속의 혀처럼/흉곽에서 자라나/쉴 새없이 속삭이지만/소리내지 않게 꼭 다문 입술의/가슴을 안아들고" 살아간다. 주체는 세계로부터 치욕과 모욕을 당하지만 비, 바람 속에서 존재하기 위해 온몸을 내놓고, 혹은 내던지며 살아간다. 시인의 '지금 자화상'은 자신의 실체를 숨기며 오욕을 온몸으로 이겨내고 온 내면의 얼굴이다.

나해철(1956~   )

출생지
전라남도 나주

등단지
1982년 『동아일보』 신춘문예 시 「영산포」로 등단

주요작품
『무등에 올라』, 『동해일기』, 『그대를 부르는 순간만 꽃이 되는』, 『아름다운 손』, 『긴사랑』, 『꽃길 삼만리』 등이 있다.

눈이 피곤하고 침침하여 두 손으로 잠시 얼굴을 가렸다
손으로 덮은 얼굴은 어두웠고 곧 어둠이 손에 배자
손바닥 가득 해골이 만져졌다
내 손은 신기한 것을 감지한 듯 그 뼈를 더듬었다
한꺼번에 만져버리면 무엇인가 놓쳐버릴 것 같아
아까워하며 조금씩 조금씩 더듬어갔다
차갑고 무뚝뚝하고 무엇에도 무관심한 그 물체를
내 얼굴이 생기기 전부터 있었음직한 그 튼튼한 폐허를

해골의 껍데기에 붙어서
생글거리고 눈물 흘리고 찡그리며 표정을 만들던 얼굴이여
마음처럼 얇디얇은 얼굴이여
자는 일 없이 생각하는 일 없이 슬퍼하는 일 없이
내 해골은 늘 너를 보고 있네
잠시 동안만 피다 지는 얼굴을
얼굴 뒤로 뻗어 있는
얼굴의 기억이 지워진 뒤에도 한참이나 뻗어 있는 긴 시간을
선글라스만한 구멍 뚫린 크고 검은 눈으로 보고 있네

한참 뒤에 나는 해골을 더듬던 손을 풀었다
순식간에 햇빛은 살로 변하여 내 해골을 덮더니
곧 얼굴이 되었다
오랫동안 없어졌다가 갑자기 뒤집어쓴 얼굴이 어색하여
나는 한동안 눈을 깜박거렸다 겨우 눈동자를 되찾아
서둘러 서류 속의 숫자에 초점을 맞추기 시작했다

김기택 「얼굴」(1994)

탄생의 끝에 얼굴이 있지만 죽음의 끝에 해골이 있다. 해부학적으로 얼굴과 해골은 외피와 내피로 구분 가능하다. 외피인 얼굴은 삶을, 내피인 해골은 죽음을 감싸고 있어서 얼굴은 해골의 껍데기에 불과한 실존의 날이미지를 드러낸다. 얼굴은 삶의 주체이지만 주체는 유한하며 변화한다. 그 불확실성의 근원적 자리, 주체를 담는 그릇, 그것이 해골이다. 이 시의 해골은 얼굴의 기억이 지워진 뒤의 시간을 산다. 그리고 죽은자의 해골은 산자의 얼굴을 뚫고 나온다.

시인은 인체를 지배했던 육신의 참모습을 얼굴과 해골의 형상을 통해 상징화한다. 화자는 두 "손으로 덮은 얼굴은 어두웠다"라고 사고한다. 손으로 만져지는 어둠은 죽음을 경험하는 과정이다. 그리고 "손바닥 가득 해골이 만져졌다"라고 해골의 형상은 죽음의 몰골이 된다. "내 손은 신기한 것을 감지한 듯 그 뼈를 더듬었다/한꺼번에 만져버리면 무엇인가 놓쳐버릴 것 같아/아까워하며 조금씩 조금씩 더듬어갔다." 여기서 화자는 표피 속에 연결된 내피의 윤곽을 만지며 신비 체험을 하게 된다. 육체를 지키고 있는 "차갑고 무뚝뚝하고 무엇에도 무관심한 그 물체"는 보이는 것보다 보이지 않는 것의 '근원적 주체'라는 사실을 보여준다. 그것은 얼굴이 생기기 이전부터 주체를 형성해 온 육체의 '진정한 주인'이다. 얼굴에서 해골을 이탈시킨 '분리적 상상력'은 얼굴을 지탱해 온 해골 앞에서 '튼튼한 폐허'라고, 우리의 육신에 공생하는 삶과 죽음을 응대한다.

김기택(1957~)

출생지

경기도 안양

등단지

1989년 『한국일보』 신춘문예에 시 「가뭄」과 「꼽추」가 당선되어 등단

주요작품

『방귀』, 『꼬부랑 꼬부랑 할머니』, 『소가 된 게으름뱅이』, 『징비록』, 『태아의 잠』, 『바늘구멍 속의 폭풍』, 『사무원』, 『소』, 『껌』, 『갈라진다 갈라진다』 등이 있다.

PART 4

라캉의 욕망 대상

타자의 끝없는 욕망을 만나고 싶다

라캉의 상상계, 상징계, 실재계

자크마리에밀 라캉(Jacques-Marie-Émile Lacan, 1901~1981)은 프랑스의 철학자, 정신분석학자다. 프로이트에 의한 정신분석학적인 문학 해석의 한계를 넘어 심리구조에서 언어학의 개념을 도입하여 새로운 문학적 해석 방법을 타진했다. 문학이론이 프로이트의 무의식에 의해 문학적 상징을 성적으로 해석하려고 하였으나, 라캉은 언어를 통해 인간의 욕망을 분석하는 이론을 정립하였다.

상상계(想像界, imaginary)

분열된 육체를 상상적으로 통합하는, 거울 단계에서 육체 이미지와 연관되는 개념이다. 생후 6~18개월 된 유아는 거울에 비친 자기 모습을 동일화하여 환호성을 지르며 반응한다. 이는 거울에 비친 자신의 모습에 반응을 보이지 않는 침팬지 같은 고등 포유동물과는 다르다. 유아기 때 자신을 바라보는 거울 속의 나는 타자임에도 불구하고 그것을 나라고 인식하며, 나와 타자를 구별하지 못하는 것을 실재 속의 오류라고 한다. 거울 속에 비친 자신은 실재하는 내가 아니라 반사된 형상, 이미지라는 것을 알고 상징계로 진입한다.

상징계(象徵界, symbolic)

인간의 의식적·무의식적 활동을 규제하는 영역으로서 언어, 법, 규율의 세계를 지칭한다. 이것이 인간이 동물과 구분되는, 인간 주체로 만드는 '말하는 존재'가 된다. 예컨대 "나는 거짓말을 하고 있다."는 말이 있다. 이 말은 거짓말을 하는 나와 거짓말을 보고 있는 나를 말하기도 하지만 거짓말을 하는 나를 보여지기도 한다. 여기서 보는 것은 시선이고, 보여지는 것을 보는 것은 응시다. 내가 보기만 한다고 믿는 단계는 상상계이고, 보여짐을 아는 단계가 상징계가 된다.

실재계(實在界, real)

비재현 체계로서 근본적으로 상징에 저항하며, 언어를 기반으로 한 상징계의 그물에 잡히지 않는다. 주체는 상징계에 넘어지고 미끄러지는 지점에서 실재계와 마주칠 수 있지만 상징화되지 못한다. 상징계에서 배제된 것들의 세계, 언어를 통해 재현이 불가능한 '실재'는 '현실'이 아니다. 실재계는 언어행위와 언어체계 밖에 머물러 있는 일종의 잔여 영역이라고 할 수 있다. 실재에 대한 지각과 체험들은 개인적인 해석의 눈금에 의해 걸러지므로 객관적 지각이나 진술이 불가능하다.

라캉의 욕망 이론

라캉은 "욕망이 욕구를, 욕구가 요구를 필요로 하지만 요구가 채워지는 순간 욕망이 남는다. 자아의 요구는 채워질 수 있지만 욕망은 완전히 충족될 수 없다. 이것을 '인간의 욕망은 타자의 욕망이다.'라고 말한다. 여기서 욕망의 대상은 자연적 대상으로서의 타자가 아니라 타자의 욕망이라는 사실이다. 주체가 무의식적으로 욕망한다는 것은 타자가 욕망하는 방식으로 요구하지만 욕망을 충족하지 못하고 결핍을 경험한다.

라캉은 "무의식은 언어처럼 구조화되어 있다."는 명제로서 인간과 언어를 설명하는데, 여기서 타자 담론이 성립된다. 주체는 자신의 의지와 상관없이 무의식적으로 말하는데, 여기서 무의식은 자신을 호명하는 타자로 보았다. 언어는 무의식의 정신세계를 반영하면서 자아 또는 주체가 아닌 타자를 통해 말하고 행동하게 한다.

자아는 주체이며 언어는 타자의 무의식으로서 욕망은 '타자의 담론'이 된다.

거울을 무서워하는 나는
아침마다 하얀 벽 바닥에
얼굴을 대보았다

그러나 얼굴은 영영 안 보였다
하얀 벽에는
하얀 벽뿐이었다
하얀 벽뿐이었다

어떤 꿈 많은 시인은
제2의 나가 따라다녔더란다
단 둘이 얼마나 심심하였으랴

나는 그러나 제3의 나……제9의 나……제○○의 나까지
언제나 깊은 밤이면
둘러싸고 들볶는다

권환 「자화상」(1943)

이 시는 절망적인 어조로 현실의 불안을 호소하고 있다. 화자는 거울에 비친 자신을 부정하면서 "아침마다 하얀 벽 바닥에 얼굴을 대보"기 시작한다. 이때 벽은 거울이 전이된 것으로서 소외된 자기애적인 자아의 반영물이다.

그런데 화자가 차단된 벽에서 찾은 것은 아무것도 없는 '하얀 벽'뿐이다. 때 묻지 않은 하얀 벽에 자신을 투사함으로써 잊혀졌던 '자아'를 호출한다. 하얀 벽은 거울의 환상인 바, '꿈 많은 시인을 발견하고 그것이 그림자―제2의 나'임을 인식한다. 그러나 화자는 벽에 비친 자신의 그림자/분신을 상상하지만 꿈 많은 '자아'는 현실의 '나'라는 벽 속에 갇혀서 끝내 세상 밖으로 나오지 못한다. 꿈이 좌절되는 순간 현실은 절망 안에서 빠져나오지 못한다. 차단된 꿈은 상상계의 이미지로서 자아를 비추는 거울이 되고 "제3의 나⋯⋯ 제9의 나⋯⋯ 제○○의 나까지" 분열해 간다. 벽에 비친 자화상은 주체의 소외와 분열을 가져오며 자신을 상정하지 못하지만 "언제나 깊은 밤이면" 무의식적으로 파편화된 꿈에 '둘러싸여 들볶는' '분열된 자아상'과 조응하고 있다.

권환(1903~1954)

출생지

경상남도 창원

등단지

1930년 3월에 『조선지광』에 시 「가랴거든 가거라」
를 발표하면서 작품 활동 시작

주요작품

『자화상』, 『윤리』, 『동결』, 『농민소설집』 등이 있다.

너를 나라 하니
내가 그래 너란 말가
네가 나라면
나는 그럼 어디 있나
나 아닌
너를 데리고
나인 줄만 여겼다

내가 참이라면
너는 분명 거짓 것이
네가 참이라면
내가 도로 거짓 것이
어느 게
참이요 거짓인지
분간하지 못할네

내가 없었더면
너는 본시 없으련만
나는 없어져도
너는 혹시 남을런가

저 뒷날
너를 나로만
속아볼 게 우습다

이은상 「자화상」(1958)

화가의 '자화상'은 대상을 증명하기 위해 그린다. 자화상은 '대상과의 동일 이미지'로 주체의 형상을 포착할 수 있게 해준다. 주체의 이미지는 대상을 '모방한 허상'이지만 '제작된 그림'으로 실재한다. 이것은 자기를 순간적으로 고착시키는 회화에 불과하므로 '주체의 왜곡과 소외'를 동반하게 된다. 여기에는 화가의 상상이 개입되어 빼거나, 더하는 과정에서 실재 또는 진실과 다르게 표현될 수밖에 없다 이 재현된 구조는 화가라는 타자적인 것에 의존할 수밖에 없는데, 그것은 화가의 보는 눈이 '주체의 위치'를 결정하기 때문이다. 즉, 주체의 위치는 타자를 통해 보여지는 나의 주체가 자리 잡는 공간이다. 이 자화상은 '나'를 확인해 주는 '지표'이면서 '주체의 환영'을 그린 '오인된 이미지'다.

화자는 "너를 나라 하니/내가 그래 너란 말가/네가 나라면/나는 그럼 어디 있나"라고, 자화상을 통해 자신을 인식하고 분석하며 기록한다. "나 아닌/너를 데리고/나인 줄만 여겼다"라는 왜곡된 의식은 "어느 게/참이요 거짓인지/분간하지 못할네"라고, 현실과 상상의 경계를 구분 못하는 거울 단계에 머물지만 "내가 없었더면/너는 본시 없으련만/나는 없어져도/너는 혹시 남을런가." 존재적 소외는 "저 뒷날/너를 나로만/속아볼 게 우습다." 이 시는 '부재'할 것에 대한 '욕망 드러내기'로서 '미래의 자화상'이며 '존재적 욕망'의 '실재하는 허상'이라는 점을 증거한다.

이은상(1903~1982)

출생지

경상남도 마산

등단지

1921년 두우성이라는 필명으로 『아성(我聲)』(4호)에 「혈조(血潮)」라는 시를 발표한 바 있으며, 1924년 『조선문단』이 창간되면서 본격적인 작품 활동 시작

주요작품

「아버님을 여의고」, 「봄처녀」, 「옛 동산에 올라」, 「가고파」, 「오륙도」, 「천지송(天地頌)」, 「푸른 하늘」, 「고지(高地)가 바로 저긴데」, 「무상(無常)」, 「민족의 맥박」, 「피 어린 육백리」 등이 있다.

나를 세우는 곳에는
우주도 굴속처럼 좁고
나를 비우는 곳에는
한 간 협실도 하늘처럼 넓다.

나에의 집착을 여의는 곳에
그 말은 바르고,
그 행은 자유롭고,
그 마음은 무위의 열락에 잠긴다.

김달진 「나」(1990)

화자는 나의 '닫힘'과 나의 '열림'으로 초월적 세계를 탐색한다. 나의 닫힘은 "나를 세우는 곳"에서 생기며 그곳은 "우주도 굴속처럼 좁"은 곳으로 인식한다. 나의 열림은 "나를 비우는 곳"에서 발생하며 그곳은 "한 간 협실도 하늘처럼 넓다"는 것을 사유하게 된다. 자아는 '집착'을 버리는 곳에서 '말'과 '행동'이 바르고 자유롭게 된다는 것을 성찰하고, 집착을 버렸을 때 깨달음의 정수인 '무위의 열락'에 들 수 있다. 집착은 색욕(色欲) · 성욕(聲欲) · 향욕(香欲) · 미욕(味欲) · 촉욕(觸欲) 등 오욕을 일으키며, 탐욕의 근원지, 즉 욕망이 된다. 그렇지만 이것을 버렸을 때 진정한 자유를 찾게 된다.

무위의 열락이 기원하는 세계는 이데아로서 무의식과 지속적인 대화를 통해 자아와 초월적 세계가 만나는 장소다. 거기에는 꿈이나 환상의 영역이 아니라 내가 나를 만나는, 말하자면 인간의 무의식을 대면하는 거룩한 장소이다. 시인은 '나'라는 현실적 자아가 욕망이라는 모순에 갇혀 있지만 집착을 버림으로써 시인이 가고자 하는 그 너머의 세계인, 즉 비어 있지만 충만한 '실재계'로 나아갈 수 있다는 것을 역설한다.

김달진(1907~1989)

출생지
경상남도 창원

등단지
1929년 『문예공론』에 시 「잡영수곡(雜永數曲)」을 발표하며 작품 활동 시작

주요작품
『청시(靑詩)』, 『올빼미의 노래』, 『큰 연꽃 한 송이 피기까지』, 『한 벌 옷에 바리때 하나』, 『산거일기(山居日記)』 등이 있다.

텅 빈 방안에 누어
쪽거울을 본다.

거울 속에 나타난
무서운 눈초리

코가 높아 양반이래도 소용없고
입센처럼 이마가 넓대도 자랑일 게 없다.

아름다운 꿈이 뭉그러지면
성가신 슬픔은 바위처럼 가슴을 덮고

등 뒤에는 항상 또 하나의 다른 내가 있어
서슬이 시퍼런 눈초리로 나를 노려보고
하하하 코웃음 치며 비웃는 말—

한낱 버러지처럼 살다가 죽으라

윤곤강 「자화상」(1939)

화자는 깨진 거울을 통해 내재된 자아의 '이중 자화상'을 경험한다. '이중 자화상'은 타자와의 관계에서 분열과 소외를 경험하고, 세계와 소통하고자 하는 열망이 '무서운 눈초리'의 이중성으로 분열되어 나타난 것일 뿐이다. 자아는 타인의 시선에 놓인 자기를 오인한 것으로서 타자의 시선에 의해 침식되어 버린 '나'를 인식한다.

타자의 욕망 안에서 '나'는 누구인가라는 질문 속에 코가 높은 '양반'이래도 소용없고, '입센'처럼 이마가 넓대도 자랑일 게 없다는 무기력한 현실의 존재를 확인한다. 그러나 "성가신 슬픔은 바위처럼 가슴을 덮고"에서는 화자에게 고통을 주고 있는 것이 '뭉거러진 꿈'임을 짐작할 수 있다.

시인은 '나를 바라보는 자' 혹은 '내가 바라봄을 당하는 자'로 '나를 바라보는 자'에게 '시선을 되돌려주는 자'의 역할을 동시에 수행하고 있다. 타자의 시선으로부터 내재된 자아의 음성을 듣게 되면서 상징적 사회질서라는 주체－자아의 욕망을 보게 된다. 이것은 사회의 요구인데, 이 요구는 '벌레'처럼 살 수밖에 없는 '자아의 소리'이며 '사회적 거세'를 당한 '자각적 기표'다.

윤곤강(1911~1950)

출생지

충청남도 서산

등단지

『시학』 동인의 한 사람으로 1934년을 전후하여 작품 활동을 시작

주요작품

『대지』, 『만가』, 『동물시집』, 『빙화』, 『피리』, 『살어리』 등이 있다.

내 삶의 나래를 펴
구름 속에 안겨 본다

대현(大絃)의 저변(底邊)에서
자현(子絃)의 끝까지

회한이 가락지으며
뭉게뭉게 떠돌 뿐

내 육신을 추수리어
바람 속에 띄워 본다.

남루도 겨웁게
한낱 가랑잎인걸.

뒤돌아 자취를 밟으며
바라보는 십자탑(十字塔).

내 마음 덩이채로
물결에 휑궈본다.

쥐어짠 굽이굽이
역겨울 뿐인 것을

조각난 거울 앞에서
모아 보는 이 모습.

이태극 「자화상」(2000)

라캉은 거울 이미지가 안정된 것이 아니라 주체의 소외와 분열을 가져온다고 했다. 이미지는 비쳐진 반사상 안에 존재하며 왜곡과 오인을 동반하는 환영의 영역이다. 거울에 반사된 자화상은 자기애의 표현이면서 반사상의 한계에서 조각이나 절단된 상태의 불안감을 촉발한다. 이 시의 말미 종장에 "조각난 거울 앞에서/모아 보는 이 모습"처럼 시인은 거울에 반사된 조각난(분열) 이미지를 통해 자신을 재현하고 있다.

각 수 초장의 '구름', '바람', '물결' 등은 자신을 드러내는 확장된 은유로서 거울이다. 이때 시인은 자신의 삶을 대현(大絃)과 같이 매우 어질고 지혜로운 사람을, 저변(底邊)과 같이 사회적, 경제적으로 바탕을 이루는 사람을 상상하며 자현(子絃)과 같이 자신의 죄를 스스로 고백하게 된다. 그동안의 '회한'을 통해 정체 없이 "가락지으며/뭉게뭉게 떠돌"았던 자신을 마주한다. 시인은 거울을 매개하여 각 수에서 파편화된 "남루도 겨웁게/한낱 가랑잎" 같기도 하고, "뒤돌아 자취를 밟으며/바라보는 십자탑(十字塔)" 같기도 하고, "쥐어짠 굽이굽이/역겨울 뿐인" 현실과 이상을 '조각난 거울'로 파악한다.

이태극(1913~2003)

출생지

강원도 화천

등단지

1953년 『시조연구』에 「갈매기」를 발표하며 작품 활동을 시작

주요작품

「갈매기」, 「산딸기」, 「교차로(交叉路)」, 「인간가도(人間街道)」, 「내 산하(山河)에 서다」, 『꽃과 여인(女人)』 등이 있다.

애비는 종이었다. 밤이 깊어도 오지 않았다. 파뿌리같이 늙은 할머니와 대추꽃이 한 주 서 있을 뿐이었다. 어매는 달을 두고 풋살구가 꼭 하나만 먹고 싶다 하였으나 흙으로 바람벽한 호롱불 밑에 손톱이 까만 에미의 아들. 갑오년이라든가 바다에 나가서는 돌아오지 않는다 하는 외할아버지의 숱 많은 머리털과 그 커다란 눈이 나는 닮았다 한다.

스물세 해 동안 나를 키운 건 팔할이 바람이다. 세상은 가도가도 부끄럽기만 하더라. 어떤 이는 내 눈에서 죄인을 읽고 가고 어떤 이는 내 입에서 천치를 읽고 가나 나는 아무것도 뉘우치진 않을란다.

찬란히 틔워 오는 어느 아침에도
이마 위에 얹힌 시의 이슬에는
몇방울의 피가 언제나 섞여 있어—
볕이거나 그늘이거나 혓바닥 늘어트린 병든 숫개만양 헐떡거리며 나는 왔다.

서정주 「자화상」(1941)

"**애**비는 종이었다"라는 고백적 언술은 충격적이다. 그렇지만 화자는 나라는 존재를 사회적 신분에서 확인 받고자 한다. '애비', '늙은 할머니', '어매', '에미의 아들', '외할아버지' 등은 종이라는 비천한 신분에 놓인 빈곤한 삶을 상징한다. '종의 아들'이라는 위치는 주체의 의지로 취사선택된 것이 아니라 아버지의 법에 의한 상징계의 질서 속에서만 선택 가능한 것이다. 화자는 자신의 의지와 관계없이 상징적 질서인 아버지를 대리하여 '종의 아들'이라는 사회적 신분 질서를 갖게 된 것에 대한 억압된 욕망들을 표출한다.

시인의 '오이디푸스 콤플렉스'는 다양한 방식의 억압과 거세를 경험하게 하지만 정체성에 대한 정의를 내릴 때 혼돈이 제거된다. 그것은 "스물세 해 동안 나를 키운 건 팔할이 바람이다"라는 당당한 선언으로 이어지면서 비루했던 가난과 방황, 그리고 타자의 따가운 시선 등이 자신을 키웠다는 철저한 자기 성찰이 된다. 나아가 '종의 아들'이라는 낙인은 자기 인정과 세계 승인의 기록이다. '찬란한 아침에도', '시의 이슬에도', '몇 방울의 피처럼 언제나 섞여서' 지워지지 않음을 이해하고 수용함으로써 자아-타자-세계와의 통합을 이룬다.

서정주(1915~2000)

출생지

전라북도 고창

등단지

1936년 『동아일보』 신춘문예에 시 「벽」으로 등단

주요작품

『화사집』, 『귀촉도』, 『서정주시선』, 『신라초』, 『국화 옆에서』, 『떠돌며 머흘며 무엇을 보려느뇨』, 『산시』, 『미당 서정주시전집』 등이 있다.

한번도 웃어 본 일이 없다.
한번도 울어 본 일이 없다.

웃음도 울음도 아닌 슬픔
그러한 슬픔에 굳어 버린 나의 얼굴.

도대체 웃음이란 얼마나
가볍게 스쳐가는 시장기냐.

도대체 울음이란 얼마나
짓궂게 왔다가는 포만증이냐.

한때 나의 푸른 이마 밑
검은 눈썹 언저리에 매워 본 덧없음을 이어

오늘 꼭 가야 할 아무 데도 없는 낯선 이 길머리에
쩔룸 쩔룸 다섯 자보다 좀 더 큰 키로 나는 섰다.

어쩌면 나의 키가 끄으는 나의 그림자는
이렇게도 우득히 웬 땅을 덮는 것이냐.

지나는 거리마다 쇼윈도 유리창마다
얼른 얼른 내가 나를 알아볼 수 없는 나의 얼굴.

한하운 「자화상」(1949)

시인은 한센병(Hansen's Disease) 환자다. 한센병은 시간이 지날수록 신체의 전 부위로 확대되는 '시간의 질병'이며, 극도의 수치심과 고립감으로 세계와의 단절을 심화시키는 '저주의 질병'으로 인식되어 왔다. 이 시는 한센병으로 굴절된 민낯의 얼굴을 관찰하면서 시인의 소망을 원천적으로 차단하고 있다.

시인은 유리창에 비친 얼굴을 보며 '한 번도 웃어 본 적도 울어 본 적도 없다'라고 절망과 우울에 갇힌 비극성을 보인다. 그것은 '웃음과 울음'도 '슬픔'으로 굳어버렸기 때문이다. 여기서 유리창은 타자와 자아를 분리시켜 '나/현실'과 '나의 얼굴/사회적 상징'을 마주보게 함으로써 '나/문둥이(상상계)'라는 존재가 사회적 제도(상징계)에 진입할 수 없다는 것과 그 안의 질서 속에서 살아갈 수 없다는 것을 각인시킨다. "오늘 꼭 가야 할 아무 데도 없는 낯선 이 길머리에"서 방황하는 시인은 '나/자아'보다 '나의 그림자/문둥병'이 "우득히 웬 땅을 덮는 것"이라고 말한다. "지나는 거리마다 쇼윈도 유리창마다/얼른 얼른 내가 나를 알아볼 수 없는 나의 얼굴"에 대한 '슬픈 자화상'은 한센병으로 인해 감당하지 못하는 현실적 존재를 '부정'하면서 고통스러운 감정을 억압에서 떼어내는 '격리'현상으로 작용한다.

한하운(1920~1975)

출생지

함경남도 함주

등단지

1949년 『신천지』에 시 「전라도 길」을 발표하며 작품 활동을 시작

주요작품

「전라도 길」, 「은진미륵불」, 「장승」, 「춘일지지(春日遲遲)」, 「백목란 꽃」, 「보리피리」, 『한하운시초』, 『한하운시화집』 등이 있다.

내 몸에서 돋아나는
천 개의 손을
보지 못할 것이다.
가지처럼
온몸을 싸고 있는 천 개의 손을
너는 보지 못할 것이다.
뱀처럼 모가지를 뽑고
무엇인가
골똘히 암호를 그리듯
춤을 추고 있는
천 개의 손을
보지 못할 것이다.
악수하는 다정한 손밖에는
보지 못할 것이다.
떨어져도 떨어져도 연신 돋아나는
온몸을 감고 춤을 추는
색색가지 손을
너는 보지 못할 것이다.

문덕수 「초상」(1996)

146

인간의 욕망은 불확실성 속에서 진화하거나 퇴화한다. 이 욕망은 실재적으로 고정된 것이 아니라 욕망하는 정신 작용에 의해 물질에 반영되고 대체된다. 욕망의 정신 작용은 욕구를 불러오고 물질을 요구한다. 예컨대 욕망은 욕구를 통해 물질을 요구하지만 요구가 실현되고 욕구를 채웠다고 해서 욕망이 해소되지 않는다. 이것을 라캉은 욕망을 대타자라고 하고 욕구는 소타자라고 한다. 욕망이라는 대타자는 그대로 있고, 욕구라는 소타자만이 다른 소타자로 변화된다. 상징계의 질서는 대타자의 중심축에서 필연적으로 소타자의 반복과 변형을 가져온다.

욕망의 형상은 어떨까? 시인은 욕망의 형상을 포착한다. 이 시의 "내 몸에서 돋아나는/천 개의 손을/보지 못할 것이다." '내 몸'은 '욕망의 중심축'이 되고 '천 개의 손'은 '수많은 욕구'가 된다. 그러나 우리의 몸에서 천 개의 손처럼 돋아나는 욕망은 보이지 않는다. "가지처럼/온몸을 싸고 있는 천 개의 손"과 "뱀처럼 모가지를 뽑고/무엇인가/골똘히 암호를 그리듯/춤을 추고 있는/천 개의 손" 욕망을 온몸으로 감싸고 있는 천 개의 손은 뱀처럼 암호처럼 생겼다고 상상할 뿐이다. "악수하는 다정한 손밖에는/보지 못할 것이다"라고 욕망은 허구라는 사실을 알려준다. 욕구는 연쇄적으로 "떨어져도 떨어져도 연신 돋아나는" 욕망이 있기 때문에 사라질 수 없다. '온몸'을 감고 춤을 추는 '욕망'은 색색가지 '욕구'를 불러내고, 무엇인가를 끊임없이 요구하지만 환상으로 된 욕망을 끝내는 소유할 수 없다.

문덕수(1928~)

출생지

경상남도 함안

등단지

1947년 『문예신문』에 시 「성묘」를 발표하며 작품 활동을 시작

주요작품

『황홀』, 『선·공간』, 『영원한 꽃밭』, 『살아남은 우리들만이 다시 6월을 맞아』, 『다리 놓기』, 『문덕수 시선』, 『조금씩 줄이면서』, 『그대 말씀의 안개』, 『사라지는 것들과의 만남』, 『금붕어와 문화』, 『빌딩에 관한 소문』, 『꽃잎세기』 등이 있다.

어느 쪽이 더 오래 머물러 있을지 모르지만
한 번만 같은 자리에 있고 싶다.

이 사람이 저 사람을 보면
조금씩 동정이 가듯
저 사람도 이 사람을 보면
조금씩 슬퍼져서
한 번만
합쳐서 살고 싶다.

얇은 저 사람의 부피에 살면
좁은 자리가 모두
공간으로 뚫리고
텅 빈 저 사람의 공간에 살면
나 하나 둘 곳 없는
좁은 구석인데
저 사람이 나인 것처럼
사람은 두 개씩 태어난 것 같고
저 사람이 내가 아닌데도

떨어져 살면 그리운 버릇이
언제고 나는 내 옆에
또 하나 내가 있어야
살게 되나 보다

이생진 「거울 속의 나」(1991)

거울에 비친 이미지는 주체이지만 타자일 수밖에 없다. 거울에 노출된 형상은 자신의 것이면서도 동시에 자신의 것이 아니기 때문이다. 이 시에서 "어느 쪽이 더 오래 머물러 있을지 모르지만/한 번만 같은 자리에 있고 싶다"는 '대상의 이동'으로 인한 '대상의 결합'을 보인다. 이는 일종의 환상성으로서 현실에 만족하지 못하고, 욕구의 좌절이 심할수록 욕망이 많아지며 대리만족을 찾는다. 환상은 거울에 비친 자신에 대한 '동정'과 '슬픔'이라는 연민으로 생긴다.

화자는 거울을 바라보는 자신과 거울에 비친 자신의 마주침을 관찰하면서 "한 번만/합쳐서 살고 싶다"라는 환상성을 보인다. '나'라는 좁은 공간과 얇은 부피를 가진 '거울'과 합일을 이룰 때, 그 세계는 비추는 데로 확장될 수 있다. 이 시는 거울을 대상화하여 인간에 대한 근원적 물음을 '사람은 두 개씩 태어난 것 같다'라는 이원론적 사고로 고찰한다. 비로소 "나는 내 옆에/또 하나 내가 있어야/살게 되나 보다"라고 숙명적 관계를 인식하게 된다.

이생진(1929~)

출생지

충청남도 서산

등단지

1969년 『현대문학』에 시 「제단」 등으로 추천을 받아 등단

주요작품

『산토끼』, 『녹벽』, 『나의 부재』, 『바다에 오는 이유』, 『산에 오는 이유』, 『섬에 오는 이유』, 『내 울음은 노래가 아니다』, 『섬마다 그리움이』, 『신부여 나의 신부여』, 『하늘에 있는 섬』, 『거문도』, 『시인과 갈매기』 등이 있다.

나는 나를 實寫할 수가 없습니다 나는 나를 內色할 수도 없으며 나를 열지도
닫을 수도 없습니다 빗장을 스스로 도둑맞은 지가 벌써 수십 년, 당신이 찍
은 모든 사진에 내가 보이지 않는 까닭을 아시겠는지요 빛과 어둠을 분간 못
하는 제가 이해되시는지요 그 사이에서 태어나는 實體를 도둑맞은 지가 벌
써 수십 년, 내가 써온 시에서 느티나무가 나요 내가 느티나무로 운영되어
왔으니 어느 쪽에도 나는 없습니다 다시 태어나고 다시 태어나다 보니 모든
나는 없는 나가 아닌지요 모든 여자들이 나를 내소박하는 까닭이 이해가 되
시는지요 한평생 나를 實査한 내 아내도 實寫를 못했습니다 오늘도 변함없
습니다 千手여, 허공 이파리들이여, 다만 한 이파리 이파리마다 나누어 심는
햇빛 빨판이여, 나의 잠적이여 아침마다 해 뜨는 한복판에 한 그루 느티로
다시 서는ㅡ, 변함없습니다 날마다 나는 새로 入籍하고 있습니다 入寂하고
있습니다

정진규 「모든 사진에는 내가 보이지 않는다」(2012)

라캉의 동일시는 거울의 반사상 안에 존재하며 왜곡과 오인을 동반하는 환영이다. 자아는 거울 단계를 통해서 자신을 관조하고 현실을 인식하며 세계의 이미지를 반영한다. 이 시는 '사진'이라는 이미지로서 자아를 관찰하는데, 아이러니하게도 타자가 찍은 "모든 사진에 내가 보이지 않는"다고 의문을 던진다. 시인은 '느티나무'와 동일시를 보이며 느티나무의 양면성으로서 "어느 쪽에도 나는 없습니다"라고 깨닫는다. 느티나무는 그동안 자아와 타자가 실사하지 못한 자신을 상징하면서 "다시 태어나고 다시 태어나다 보니 모든 나는 없는 나가 아닌지요"라고, 주체로부터 소외된 자아를 보게 된다.

이 상징적 재현 체계의 균열은 '실재계'로 나아간다. 이 공간은 시인이 무의식과의 지속적인 대화로 의식과 무의식이 만나는 장소인데, 꿈의 영역이 아니라 '千手'를 누리는 '허공 이파리'를 만나고 초월적 세계를 대면하는 거룩한 순간이다. 그래서 모든 존재는 날마다 '이름을 새기고(入籍)', '적멸에 이르고(入寂)' 있다는 사실을 통달한다. 그리고 '빛과 어둠', '삶과 죽음', '있음과 없음'이 구분과 단절이 없는, 안과 밖이 통하는, 세계로 연결된 '실재계'로서 진정한 밝음을 보게 된다.

정진규(1939~)

출생지

경기도 안성

등단지

1960년 『동아일보』 신춘문예에 시 「나팔서정」으로 등단

주요작품

『마른 수수깡의 평화』, 『유한의 빗장』, 『들판의 비인 집이로다』, 『매달려 있음의 세상』, 『비어있음의 충만』, 『연필로 쓰기』, 『뼈에 대하여』, 『별들의 바탕은 어둠이 마땅하다』, 『몸시』, 『알시』, 『도둑이 다녀가셨다』, 『질문과 과녁』, 『본색』 등이 있다.

드디어 화폭 앞에 앉았노라
밖에는 가을밤 바람소리 높고
이국의 낙엽 어둡게 진다.
거대한 계획은 이제 흔적 없다.
4호짜리 화폭을 겨우 마련하고
머리 숙이노라, 머리 깊이 숙이노라.

지나간 나날은 가볍고 허 하여도
가슴에 남아있던 등피의 불 밝히고
기억의 저 희미한 구석에 웅크리고 있는
잠시 잠시 아득히 나누었던 기쁨들을 보이리.

한 생애의 결산은
명확히 짧고 외로웁다.
그간에도 기대일 곳 없는 자의 힘.
그 힘 뒤에 숨은 창백한 색감.

내가 사랑하였더라.
이해 없던 방황.
마른 뺨 위에 남은 온기,
작은 화폭마저 채울 수 없는 부끄러움을
한 인생의 부끄러운 결산을……

마종기 「자화상」(1972)

시선과 응시는 다르다. 시선은 자신이 세계를 보는 것이고, 응시는 세계를 보는 자신을 누군가 보는 것이다. 시선은 자신의 의식이 중심이지만 응시는 자신이 의식하지 못하는 상태로 노출되는 것이다. 시선 밖에서 내가 의식하지 않는 동안에도 누군가 나를 응시하고 있지 않은가. 우리는 시선과 응시 사이에서 보는 존재이면서 보이는 존재다. 그렇지만 시선을 응시하는 자신, 즉 바라보는 자신을 바라보는 존재로 인식하는 것은 쉽지 않은 일이다.

이 시는 시선을 응시하기 위해 "드디어 화폭 앞에 앉았노라"고 하면서 자신을 바라보는 존재로서 성찰한다. 화자는 계획도 사라져 버린 이국땅에서 낙엽 지는 쓸쓸한 가을밤 "4호짜리 화폭"에 머리를 숙인다. '자신/시선'은 '세계/응시'가 됨으로써 주관성이 객관성으로 변환된다. "지나간 나날은 가볍고 허 하여", "잠시 아득히 나누었던 기쁨들"과 "기대일 곳 없는 자의 힘", "그 힘 뒤에 숨은 창백한 색감"이 보인다. 그리고 "작은 화폭마저 채울 수 없는 부끄러움"과 "한 인생의 부끄러운 결산을……" 뒤돌아보게 된다. 시인은 자신을 화자화하면서 응시로 지나온 길을 되짚으며 반성적 시간을 갖는다.

마종기(1939~   )

출생지

일본 도쿄

등단지

1959년 『현대문학』에 시 「해부학교실」을 발표하며
작품 활동 시작

주요작품

『조용한 개선(凱旋)』, 『두번째 겨울』, 『변경의 꽃』,
『안 보이는 사랑의 나라』, 『이슬의 눈』, 『새들의 꿈
에서는 나무 냄새가 난다』 등이 있다.

서럽고 서러운

유년의 한때

아빠는 도망다니고

엄마는 아빠를 찾아

전국을 헤매고

나는

고향을 좋아하고

마당의

작은 꽃을 좋아하던

나는

끌려다니며

끝없는 멀미에 시달리고

그래

돌아갔으면 좋겠다고

고향으로

돌아가

거기

그냥

그렇게 살았으면 좋겠다고

그랬지

그러나 나의 여로는

끝이 없었지

할머니가 한때

넌

나랑 함께 살자

해도

난

그럴 수는 없었고
끝없이 끝없이
터지는 데모에
끊임없이 끊임없이
누르는 테러에
한도 끝도 없이
들어가는 경찰서에서
아빠는 맞아
들려 나오고
엄마는
되레
외가로 달아나버리고
나 혼자
빈 마당에서
새를 그렸다
새
그림
바람과 눈물
나는 그림 없이는
살 수 없었다
그 그림을 못 그리게
그림 그리면 배고프다고
못 그리게
내 손을
이어서 숯을 끼고 그리는
내 발가락까지 노끈으로 묶어놔
버렸다

버리고 나서 사십 년
이제껏 포기했었다
지난해
엄마 돌아가신 뒤
어느날 밤
잠은 오지 않고
밤새도록 내 마음은
울부짖었다
그림을
그리자
그림을 그림을 그림을
그리자
꽃을 새를 바람을
눈물을
그리자
그리자
아
나는 살아나기 시작했으니
아
그 사십 년을 나는
죽어 있었으니
이젠
누가 와
당신 체포합니다
소리 해도
조금도 겁나지 않는다
그림만

곁에 있다면

나는

불사다

내 아이들 둘 다 그림 그리고

내 아내도

그림 그리고

우리는 다아 그린다

난

이제

더 이상 바랄 게 없다

아마도 내 마지막 꿈은

늙어서

꼬부라져 늙어서

이 세상에서

가장 가장 거룩한

춘화도

한 잎

그리다 가는 것

이 세상에서

가장 가장 더러운 씹그림을

이 세상에서

가장 가장 숭고하고 심오하게

그리다 그리다가

숨져 가는 것

가며

빙긋

미소짓는 것

아홉 살 때

새 그림 회벽에

발가락 사이 숯을 끼고

엄마 몰래 그리고 나서

혼자 웃던 그 미소를

손은

느을

노끈에 묶여 있었으니까

바람은 내 머리 위 불고

눈물은 내 뺨을

흐르고

하늘은

저 머얼리서

푸르고

푸르고

새푸르르고

그리고.

김지하 「서럽고 서러운」(2010)

라캉의 상징계의 '소년기'는 '타자와 세계' 간에 '구조화된 사회'를 '언어'로서 습득하며 '질서와 법'을 알아가는 시기다. 소년기의 언어는 잠재기로서 무의식적으로 세계를 모방하며 꿈을 키우고 세계를 상상한다. 그러나 소년기에 경험한 욕구좌절은 불평, 불만, 불쾌 등을 남기며 무의식의 창고에 저장되어 잠재기를 보낸다. 특히 극심하게 해소되지 못한 "서럽고 서러운 유년의" 기억은 절망감과 반항심이 된다. 자아가 소망하던 욕구가 좌절되었을 때 무의식에 잠재되었다가 우울증, 조울증 등 정서장애를 유발한다.

시인은 "유년의 한때/아빠는 도망다니고/엄마는 아빠를 찾아/전국을 헤매고/나는/고향을 좋아하고/마당의/작은 꽃을 좋아하던/나는 〈중략〉 고향으로/돌아가/거기/그냥/그렇게 살았으면 좋겠다"라는, 아버지로 인해 고향에 돌아가지 못했던 절망감과 "그 그림을 못 그리게/그림 그리면 배고프다고/못 그리게/내 손을/이어서 숯을 끼고 그리는/내 발가락까지 노끈으로 묶어놔/버렸다"라며 어머니로 인해 화가가 되지 못한 좌절감을 보인다. 부모님으로부터 좌절된 시인의 운명은 '불안과 우울'의 '정서적 결핍'을 낳았지만, 이 '결핍의 언어'는 '시어의 입자'로 '승화'되면서 '꽃', '새', '바람', '눈물' 등 '자연'과 '서정'을 노래하는 시인으로서 문학적 성취를 이루며 조화로운 세계를 이루는 데 일조하게 되는 것이다.

김지하(1941~)

출생지
전라남도 목포

등단지
1963년 3월 『목포문학』에 「저녁 이야기」를 발표하며 작품 활동을 시작

주요작품
『황토』, 『타는 목마름으로』, 『남(南)』, 『산문집 '밥'』, 『남녘땅 뱃노래』, 『살림』, 『애린 1·2』, 『검은 산 하얀 방』, 『이 가문 날에 비구름』, 『나의 어머니』, 『별밭을 우러르며』, 『중심의 괴로움』, 『유목과 은둔』, 『비단길』 등이 있다.

조롱 속에 거울 하나 넣어 놓았더니
거울에 비친 제 모양을 제 짝인 양
생이 다하도록 잘 살았다는 문조(文鳥)

사막 속에 오아시스 놓여 있었더니
물에 비친 모랫길을 제 길인 양
생이 다하도록 잘 걸었다는 낙타

그게 혹
내가 아니었을까

천양희 「자화상」(2010)

시인은 상상의 세계를 살아간다. 시인의 상상력은 여기 없는 것을 지금−여기 존재하는 것처럼 불러온다. 그것은 소망하는 것을 채우려는 욕망의 잠재의식이 아닐까. 이 욕망은 결핍을 충족시키려는 정신 작용으로 이른바 '자기애'라고 부른다.

이 시 1연의 '문조(文鳥)'는 쌍을 이루며 사는 관상 조류다. 그런데 문조 한 마리가 새장 속에 비치는 반사된 '거울' 이미지를 자신의 짝이라고 믿는다. 즉 "거울에 비친 제 모양을 제 짝인 양" 실존하는 것으로 안다. 이것은 소외된 주체로서 '거울'이라는 대상을 불러오고, 허구적 환상인 '거울−짝'을 통해 "생이 다하도록 잘 살았다"고 말한다. 2연 역시 '오아시스'라는 환영을 대상으로 한다. 이 시 "사막 속에 오아시스"는 신기루처럼 다가서면 물러나고, 떨어지면 가까이 다가와 "물에 비친 모랫길을 제 길인 양" 주체를 유혹하며 긴장을 구축한다. 이렇게 대상은 욕망이 불러오는 환상인데, "그게 혹/내가 아니었을까"라고 욕망의 대상으로 자신을 산정하기에 이른다.

우리의 '욕망은 대상을 통해 결핍을 충족시켜 줄 것'이라 믿는 것처럼 시인의 욕망이 끝없이 불러일으키는 기표들, 이것은 세계로부터 개입된 '소외와 결여'를 '보충'하려는 '잠재적 정체성'이 불러온 '상상의 기표'가 된다.

천양희(1942~)

출생지
부산

등단지
1965년 『현대문학』에 「정원 한때」 등을 발표하며 작품 활동을 시작

주요작품
『신이 우리에게 묻는다면』, 『사람 그리운 도시』, 『마음의 수수밭』, 『낙타여 낙타여』, 『오래된 골목』, 『너무 많은 입』 등이 있다.

오늘 석 달치 항경련제를 처방받았으니 6월 22일까지 나의 목숨은 유예되었다.

나의 하늘 속에 별들이 경련을 하다 돌아간다.

나는 잠시 걸음을 멈춘다.

별이 나의 머리 위에서 꿈꾸는 것을 보며

석 달치의 잠, 석 달치의 꿈을 시작한다.

잠의 유리창에 매달린 빗방울 셋

불현듯 내 이마 위에 앉는 태양마차의 뜨거운 바퀴소리

저 나무처럼 굳건히 서 있을 수 있을까

창밖을 흘깃 보며 간혹

의심의 용암이 화산의 베개를 흘러내리는 것을 바라보기도 하지만

판자처럼 굳게 누워서도 펄럭거리는 나의 뼈

안개 한 장 머리맡에서 허얘진 입술을 흔든다.

나의 척추에 광명이여, 태양마차여,

빛의 탯줄을 뿌려라

태양마차의 발자국 소리 하이소프라노로 울며 덜컹덜컹

티끌철로를 가고 있으니

기다려라, 기다려라

빛의 탯줄을 끄는 힘이 나의 하늘 기슭에 스미는 것을

오늘 석 달치 항경련제를 처방받았으니 6월 22일까지 나의 목숨은 유예되었다.

강은교 「나의 거리 – 강은교 씨를 미리 추모함」(2009)

인간은 사회라는 구조 안에 존속되어 있다. 주체는 타자와 구별되는 존재이지만 타인의 인식 없이는 세계로부터 자신을 파악할 수 없다. 살아 있다는 것은 타자라는 존재자들에게 자신을 승인 받는다는 것이다. 존재와 존재 사이의 우리는 주체이면서 타자이고 각자 존재의 보증인이 된다. 시적 언어도 그렇다.

이 시는 제목에서 보이듯 자신을 '강은교 씨'라고 명명하고 타자화하여 분리시키면서 존재에 대한 승인을 한다. '강은교 씨'는 "오늘 석 달치 항경련제를 처방 받았으니 6월 22일까지 나의 목숨은 유예되었다." 화자는 근육 경련이 일어나는 증세를 치료하는 항경련제를 처방 받음으로써 목숨을 유지시킨다고 한다. 결국 존재에 대한 몸의 평가를 스스로 하지 못하고 의사를 통해 검증 받는다. 그것은 살고 싶은 욕망으로서 "별이 나의 머리 위에서 꿈꾸는 것을 보며/석 달치의 잠, 석 달치의 꿈을 시작한다." 어쩌면 시인에게 항경련제는 시인을 살게 하는 욕망의 알갱이, 즉 '시환(詩丸)'인 줄도 모른다. 이 시환을 투약한 시인은 '별들의 경련', '광명', '태양마차', '허애진 입술', '나의 뼈', '빛의 탯줄' 등의 상징적 시어를 생성하며 상징계 속에서 살아간다.

강은교(1945~   )

출생지
함경남도 홍원

등단지
1968년 『사상계』 신인문학상에 「순례자의 잠」이 당선되면서 등단

주요작품
『소리집』, 『우리가 물이 되어』, 『바람 노래』, 『슬픈 노래』, 『단지 그대가 여자라는 이유만으로』, 『벽 속의 편지』, 『어느 별에서의 하루』, 『등불 하나가 걸어오네』, 『시간은 주머니에 은빛 별 하나 넣고 다녔다』, 『초록 거미의 사랑』 등이 있다.

밥보다는
고통을 전신으로 빨아들일 때
6월의 나무들도 뼈가 보인다
뼈가 훤히 보이도록 휘청거리는 생각들은
어디에 몸을 기대나?

해질녘 덩굴장미를 만나면
외진 산길이나 들판 끄트머리에서 만나면
베어물고 싶은 순하디순한 산딸기떼 같다
문득, 반 고흐의 험상궂은 얼굴이란
깊은 계곡에서 흐르던 영혼이
모진 세상을 만나 두려움에 떨면서
흔들리는 표정이라는 생각을 한다

어제보다는 오늘이
오늘보다는 어제가 더 행복한 듯 무의식으로
때론 저버릴 수 없는 惡으로 피었다가
쓸쓸한 지붕 아래 기댄 만큼의 상처로 피었다가
이웃들의 전송을 받으며
송이송이 하늘의 자궁 속으로 들어갈 때
우리의 얼굴은 완성된다

박라연 「얼굴」(1993)

시인의 언어는 길들여지지 않았거나, 순화되지 않은 언어 이전의 무의식을 드러내는 수단이다. 이때 없음은 있음이 되고, 있음은 언어로 있게 된다. 시인은 언어로 사고하는 과정을 "밥보다는/고통을 전신으로 빨아들일 때"라고 언술한다. 시는 밥이라는 물질적 영역이 아니라 고통이라는 정신적 영역으로 상상력의 수분을 흡수하며 드디어 상징계로 출현한다.

시인이 나무라는 존재를 온몸으로 사유했을 때, 나무의 숨겨진 고통스러운 비밀을 언어의 세계에서 만날 수 있다. 녹음을 피우는 6월, 나무들의 "뼈가 훤히 보이도록 휘청거리는 생각들은/어디에 몸을 기대나?" 의문을 던진다. 그 해답을 외진 산길이나 들판에 사물에 전신을 기대고 줄기를 타고 올라가 꽃을 피우고 있는 "해질녘 덩굴장미"에서, 모진 세상에서 두려움에 떨면서 영원의 그림을 남겼던 "반 고흐의 험상궂은 얼굴"을 찾기도 한다. 갈대와 같은 존재의 "흔들리는 표정이라는 생각"을 '무의식'적으로 드러내며 "惡으로 피었다가", "상처로 피었다가" 우리가 왔던 곳인 "하늘의 자궁 속으로" 돌아갈 때 "우리의 얼굴은 완성되는 것이다." 욕망하는 주체의 얼굴은 죽음에 이르러서야 완성된다. 시인의 생각은 고통으로 담금질한 '언어의 꽃'으로 피었다가 지는 '욕망의 분비물'로 보여준다.

박라연(1951~)

출생지

전라남도 보성

등단지

1990년 『동아일보』 신춘문예에 「서울에 사는 평강공주」가 당선되면서 등단

주요작품

『서울에 사는 평강공주』, 『생밤 까주는 사람』, 『춤추는 남자, 시 쓰는 여자』, 『너에게 세들어 사는 동안』, 『공중 속의 내 정원』 등이 있다.

PART 5

하이데거의 존재론

안과 밖의 세계, 존재는 어떻게 있는가

하이데거의 존재론

하이데거의 '존재와 시간'이 던지는 물음

인간도 여러 다른 존재자 가운데 하나이지만 마르틴 하이데거(Martin Heidegger 1889~1976)는 인간 존재와 인간 존재방식을 다른 존재자들과는 본질적으로 다르다고 하였다. 인간을 근대철학이 말한 '세계를 향해 있는 자아'로 보지 않았다. 그것은 현재 거기에 있는 개개의 인간의 존재를 의미하는데 현존재는 세계 속에 있으면서 다른 존재자와 관계를 맺고 있으며, 관심을 가지고 자기의 주변을 살피는 것처럼 타인을 향해 있다는 것이다.

존재는 존재자를 존재자로 규정하는 것이며, 존재자의 근거가 되는 것을 말한다. 우리는 어떤 하나의 존재자에 대해 그것이 어떻게 있는가를 통해 그것이 무엇이라는 것을 이해하고 있다는 것이다. 예컨대 존재의 실존성, 실재성, 도구성 등과 같이 어떻게 있음과 그것이 무엇으로 존재하는가의 근거를 통해 존재자의 각각의 존재로 해명하려고 하였다.

'존재자', '현존재', '존재'

하이데거는 현존재의 존재방식을 세계-내-존재(In-der-Welt-Sein)로 보았다. 세계 속에 있다고 하는 것은 인간이 어디서 와서 어디로 가는지도 모른 채 주사위처럼 세상 속에 던져져 있는 것을 의미한다. 인간은 지상에 태어나려고 해서 태어난 것이 아니고, 나중에 정신을 차려 보니 이 세상에 던져져 있음을 깨닫게 되었다. 이러한 상태를 피투성(geworfenheit) 또는 사실성(faktizitat)이라고 하였다.

하이데거의 존재자는 인간과 사물 등 이것들의 있음이며 '열려 있는 장' 안에 이미 들어서 있기에 거기에서 '이미 드러나 있는 것'이다. 고대 그리스 철학에서는 '이미 드러나 있는 것'으로서의 사물이 현존자(das Anwesende, 현전자)라고 명명하였다. 우리가 사물을 인식의 대상으로서 만나기 이전 사물의 원초적 이름은 현존자이다. 현존재란 낱말 그대로 '인간에게 가까이(an) 다가와 머무는 것(wesende)'을 의미한다.

그러나 인간의 '있음'은 단순히 그냥 그 자리에 놓여 있음이 아니다. 인간의 '있음'은 관계 맺으면서 있음이다. 인간은 자신의 지나온 과거, 또는 미래와도 관계 맺는다. 인간의 '있음'이란 타인과 관계 맺음이고 자기 자신과의 관계 맺음이다. 이러한 인간의 '있음'이 사물의 '있음'과 같을 수 없다. 인간이라는 존재자는 그의 '있음'에서 바로 이 '있음'이 문제가 되는 그런 존재자라는 것이 하이데거가 말하려 하는 '현존재'이다.

존재는 존재자를 존재하는 것으로 규정하거나 이해하기 위한 것이다. 어떤 존재를 내보이거나 드러낼 수 있는 '열린 공간'에서 '존재하는 것'은 다양한 의미의 '존재'로 나타낼 수 있다. 그러나 그 속에서 나타나는 것이 동일한 것이 아니듯 존재와 존재자는 서로 다른 것이다. 즉, 존재와 존재하는 것 사이에는 존재론적 차이가 있다. 존재는 존재자가 아니고, 존재자는 존재가 아니다.

우리는 존재를 '있다는 사실'과 '그리 있음' 그리고 '실재성', '눈앞에 있음', '존립', '타당함', '현존재', '주어져 있음', '여기 있음'에서 발견할 수 있다. 이것은 '존재의 방식'으로서 '있다는 사실'을 통해 어떤 것의 있음을 사실로 받아들인다. 있는 것은 모습 또는 속성으로 있는데, 이것은 현존재가 어떻게 존재하는가에 대한 사건이자 '실재성'이며 우리가 감각적으로 경험할 수 있는 사물들의 '존재 성격', 즉 한 사물이 실재적으로 있음을 뜻한다. '눈앞에 있음'은 하이데거 자신이 말하는 '존재 성격'으로서 사물이 존재가 되기 위해서는 실재성에서 관계를 맺을 때 사건이 되며 비로소 존재가 된다.

존재론과 인식론

존재론(Ontology)

아리스토텔레스가 제1철학이라는 이름으로 철학의 기초학문으로서 생각하고 있었던 것이다. 이미 플라톤도 그 이데아론이 '실제로 존재하고 있다고 할 수 있는 존재자'로서의 이데아를 다루고 있었기 때문에 존재론은 고대 그리스에서 근원하여 세계 전체의 본질을 파악하는 것을 목표로 하는 형이상학과 거의 동의라고 할 수 있다.

근대에는 사물의 본질이 그것 자체로서 존립하거나 사물 내에 머문다고 생각하는 실념론적인 발상이 후퇴하고 칸트와 같이 인간의 인식을 현상계에 한정하여 인식 성립의 가능성을 검증하는 것을 철학의 과제로 하였기 때문에 인식론이 존재론을 대신한다고도 할 수 있다.

광의로는 각 시대나 문명 내에 존재하여 변하지 않는 것을 지지하는 기본적인 세계관이라는 뜻으로 사용되는 경우도 있다.

인식론(Erkenntnistheorie)

근대의 소산이다. 인식의 철학적 고찰은 고대나 중세에서도 신의 인식으로서 행해지기는 했으나 인간 주체의 인식 문제로서 철학의 중심 부문을 차지하게 된 것은 근세에 이르러서이다.

칸트는 경험을 인식의 발생과 성립의 근거라고 인정하면서도 직관·오성의 선천적 형식에서 학문적 인식의 보편 타당성의 근거를 구했다. 주어진 다양성은 외적인 경험으로 부여되지만 그것은 주관의 형식에 의해서 통일되어 현상계가 된다.

데카르트에 이르러 합리론이 시작되지만 그는 지식에 조금이라도 의심나는 점이 있으면 방법적 회의로 배제해 버리고 더 이상 의심할 수 없는 가장 확실한 진리로서 "나는 생각한다. 고로 존재한다."라는 명제에 도달하였다.

유리에 차고 슬픈 것이 아른거린다.
열없이 붙어서서 입김을 흐리우니
길들은 양 언 날개를 파다거린다.
지우고 보고 지우고 보아도
새까만 밤이 밀려나가고 밀려와 부딪히고,
물먹은 별이 반짝, 보석처럼 박힌다.
밤에 홀로 유리를 닦는 것은
외로운 황홀한 심사이어니,
고운 폐혈관이 찢어진 채로
아아, 너는 산새처럼 날아갔구나!

정지용 「유리창」(1930)

현실에서 창을 닦는 것은 경계 안팎을 잘 보기 위한 행동이지만 마음의 창을 닦는 것은 자기 안에서 자기 속으로 침잠하는 일이다. 흐려져 가거나, 잊혀 가는 것에 초점을 맞추고 그것을 선명하게 형상화시키는 작업, 그것은 결핍을 언어화하는 작업이다.

이 시는 각 행을 4음절로 처리하면서 점층적으로 화자의 절제된 감정을 드러낸다. 화자가 성에로 흐린 유리창에 입김을 불자 무언가 어른거리며 언 날개를 파닥거리는 듯하다. 입김을 "지우고 보고 지우고 보아도" 유리창 너머 보고자 하는 존재는 사라지고, 밤이 밀려오고, 그 자리에 '물먹은 별'이 '보석'처럼 박힌다.

화자가 "밤에 홀로 유리를 닦는 것은", "폐혈관이 찢어진 채", "산새처럼 날아" 간 죽은 아들을 안타까워하며 상상으로 불러온다. 화자는 아들을 '별', '보석', '산새' 등으로 비유하며 '차고 슬픈 것', '외로운 황홀', '고운 폐혈관'과 같이 모순 어법을 통하여 있어야 할 자리에 부재한 존재의 부재를 시어로 채우고 있다. 우리는 '존재'의 '부재와 결핍'을 언어의 절제 속에서 형상화한 '서정의 얼굴'에서 찾게 된다.

정지용(1902~1950)

출생지
충청북도 옥천

등단지
1926년 『학조』에 시 「카페 프랑스」를 발표하면서 본격적인 작품 활동을 시작

주요작품
「이른봄 아츰」, 「바다」, 「향수」, 「산에 색시 들에 사내」, 「갈매기」, 「갑판위」, 『정지용 시집』, 『백록담』, 『지용 시선』 등이 있다.

장미薔薇를 얻었다가
장미를 잃은 해

저기서 포성砲聲이 나고
여기서 방울이 돈다.

힘도 아니요 절망도 아닌 것이
나의 하늘을 흐리우던 날

나는 화폄을 치는
추근한 산호珊瑚였다.

아침에 나간 청춘이
저녁에 청춘을 잃고 돌아올 줄은 믿지 못한 일이었다.

의사는 칼슘을 권했고
동무는 술잔을 따랐다.
드디어 우수憂愁를 노래하여/익사溺死 이전의 감정을 얻었다.

초라한 붓을 들어 흰 조희에
니힐의 꽃을 담뿍 그렸다.

김광섭 「자화상 37년」(1938)

시인의 시선은 '1937년'에 멈추어 있다. 당시 일제 강점기 일본은 지원 병역제와 함께 인적·물적 자원 수탈을 위한 '조선어 말살 정책'을 전개했다. 시인은 1937년의 '시간'과 일제 강점기의 '공간'에서 머물며 같은 시공간에서 소유와 상실을 동시에 경험한다. 그것은 "장미薔薇를 얻었다가/장미를 잃은 해"로서 장미는 상징성을 띠고 있어 모호하지만 '포성', '방울', '하늘' 등의 시어를 통해 전쟁과 관련이 있음을 짐작하게 한다. 그 후 시행 "아침에 나간 청춘이/저녁에 청춘을 잃고 돌아올 줄은 믿지 못한 일"에서 볼 수 있듯이 화자가 잃어버린 것은 아침에 나갔다가 저녁에 돌아온 '청춘의 죽음'이라는 것이다. 시인은 전쟁으로 잃어버린 청춘의 허무를 드러낸다.

갑작스러운 죽음의 충격은 신경증으로 발전하여 '의사는 약을 처방했고, 친구는 술을 따라주며 위로'했지만 화자는 "우수憂愁를 노래"하는 등 우울증 증세가 심화된다. 증세가 있는 곳에 원인이 있는 것처럼 우울증의 원인은 '익사溺死'이다. 시인은 물에 빠져 죽은 청춘을 보며 그 전에 알 수 없었던 실존의 감정을 얻게 된다. 이 감정은 니힐(nihil)처럼 절대적인 진리 또는 도덕과 가치가 존재하지 않는다는 인식에 도달한다. 화자가 '담뿍 그린 니힐의 꽃'은 허무의 부산물이면서 무력한 존재의 그림이다. 이 시는 '장미'―'청춘'―'니힐의 꽃'이라는 죽음의 전이를 보이며 상실된 존재의 죽음을 백지 위에 위령하고 있다.

김광섭(1906~1977)

출생지

함경북도 경성

등단지

1927년 와세다대학 조선인 동창회 회지 『R』지에 시 「모기장」을 발표하며 작품 활동을 시작

주요작품

『마음』, 『해바라기』, 『이삭을 주울 때』, 『성북동 비둘기』, 『반응』, 『김광섭 시선집』, 『겨울날』 등이 있다.

아직 지구에는
전쟁의 濁流가 흘러가고 있어도
모란은 쑥쑥 순을 올리고
백목련도 훌훌 꽃멍덕을 벗고 있기에
그래도 지구는 미울 수가 없다

설령, 저 검은 전쟁이
하수구로 영영 자췰 감추지 않드래도
옳고 그른 것, 바르고 삐뚫어진 것을 배우는
우리들의 어진 아들과 딸들의
얼굴이야 어찌 이그러질 수 있겠는가

겨울이 강 건너 머언 길을 떠난 뒤
머지않아 개구리들이 수달 떨고
산수유꽃 흔들리는 아지랑이 밖에
殘雪을 안은 채 산이 조는 날에도
너희들은 차츰 봄을 닮아 가야지___

그래!
부디 봄을 닮은 얼굴로
모란이 순을 올리고, 백목련이 겨울을
벗어던지듯
피가 듣는 싱싱한 얼굴로
꼬옥 그렇게들 살아가야지……

신석정 「봄을 닮은 얼굴」(1971)

바슐라르의 물질적 상상력은 물, 불, 공기, 흙 등 4원소로 존재를 해명한다. 문학에서 4원소는 이미지의 복합체이며 상상력의 근간이다. 자연의 근본이 되는 이 원소들은 독립적인 개체로 존재하며 각 원소와 화합하여 새로운 세계를 구현한다. 이 중 흙은 나머지 원소들을 북돋아주고 유지하는 위력을 지닌다. 공기, 불, 물은 차이와 대립을 나타내지만 '흙'은 이러한 개체를 통일하는 총체성이기 때문에 지구적이라고 할 수 있다.

시는 이러한 이미지의 상호 질서 속에서 서로 밀고 당기며 상상력을 발휘한다. 그리하여 비유와 상징을 지나서 이미지의 이미지를 건너서 근원적 존재에 가닿으려고 한다. 1연에서 지구(흙)는 전쟁(불) 탁류(공기)가 교차하는 위험한 곳이지만 새순을 올리고, 2연은 검은 전쟁(불)이 하수구(물)로 자취를 감추지 않더라도 거기에 사는 아이들을 상상하고, 드디어 3연에서는 봄이 오는데, 겨울이 강 건너(물) 떠나고 아지랑이(불)가 피어나고 개구리들이 운다. 각 원소들은 '겨울'이라는 대립과 화합을 통해 '봄'이라는 새로운 세계를 구현하고 있다. 이 시의 지구(흙)는 봄의 이미지로 각 원소들과 작용하며 각 연에서 '꽃', '아이들', '개구리' 등으로 생명성이라는 사실을 산출하면서 그 결과 지구는 '봄을 닮은 얼굴'이며 영원하게 순환되는 '희망' 이미지로 인식할 수 있게 된다.

신석정(1907~1974)

출생지
전라북도 부안

등단지
1931년 시문학 동인으로 활동하면서 『시문학』에 시 「선물」을 발표함으로써 등단

주요작품
『촛불』, 『슬픈 목가』, 『빙하』, 『산의 서곡』, 『대바람 소리』 등이 있다.

〈나〉는

흔들리는 저울대.

시는

그것을 고누려는 추

겨우 균형이 잡히는 위치에

한 가락의 미소

한 줌의 위안

한 줄기의 운율

이내 무너진다.

하늘 끝과 끝을 일렁대는 해와 달.

아득한 진폭

생활이라는 그것.

박목월 「시詩」(1955)

하이데거는 예술이란 "진리를 작품 안으로 정립하여 진리를 밝히는 기투다."라고 말했다. 이것은 작품이 진리를 모방한다는 의미가 아니라 진리를 작품 안에 존재로서 건립한다는 것이다. 시는 언어—예술로서 인간을 '언어적 존재'로 규정하고 언어—예술인 시가 존재에 응대하는 예술이라고 보았다. 그러나 진리를 '기투'하는 언어는 단순한 의사소통의 도구보다 존재를 말 없이 보여주는 침묵의 언어에 가깝다. 여기서 '기투'는 현실 상황에서 '피투성'으로 성립된다. 가능적이고 잠재적인 내적 존재인 실존은 현실세계 속에서 균형을 잡기 위해 자신을 창조하면서 그 가능성을 전개해 간다. 이것은 '실존 앞에 던져진' 것으로서 실존의 형상이며 인간의 존재방식이 된다. 그래서 '나'는 항상 삶이라는 실존 앞에 던져진 '흔들리는 저울대'일 수밖에 없다.

우리는 이상과 현실 사이에서 끊임없이 갈등하며 흔들리는 '추'이지만 시인은 이를 언어로 붙잡으려고 한다. "겨우 균형이 잡히는 위치에/한 가락의 미소/한 줌의 위안/한 줄기의 운율"이라는 언어로서 응대하며 고정시키지만 '이내 무너지고 만다'는 것이다. 피투성이가 된 화자는 "하늘 끝과 끝을 일렁대는 해와 달/아득한 진폭/생활이라는 그것"을 '시'라고 명명하게 된다. 이 '근원적 언어'는 한갓 시인의 산물이 아닌 '존재의 언어'이며, 시인은 그 언어로서 사고하며 응답하는 '언어적 존재'라는 점을 시사해 준다. 그런 언어—예술만이 존재와 인간을 모두 탁월하게 형상화시킬 수 있다.

박목월(1916~1978)

출생지

경상북도 경주

등단지

1939년 『문장』에 작품을 투고해 등단

주요작품

『산도화』, 『청록집』, 『난 · 기타』, 『청담』, 『경상도의 가랑잎』, 『무순』, 『보랏빛 소묘』, 『산새알 물새알』, 『어머니』, 『사력질』 등이 있다.

버릴 거 버리며 왔습니다

버려선 안 될 것까지 버리며 왔습니다

그리고 보시는 바와 같습니다.

조병화 「나의 자화상」(2003)

시인의 '자화상'은 시인이 임종을 앞두고 창작되었다. 시인은 82년의 생애를 정리하는 마음을 1연 3행으로 담았다. 자아는 조병화라는 자기 내면 이곳저곳을 천천히 훑어보고, 순간적으로 크로키하는 것 같다. 그러면서 '버릴 것은 버리며' 살아왔지만 '버려선 안 될 것까지 버리며' 살아왔다는 진술을 이끌어 낸다. 시인은 '채우기'라는 욕망과 '비우기'라는 성찰 사이에서 자신도 모르게 자행한 존재의 버려짐을 발견한다. 이렇게 인간으로 태어나 마음대로 되지 않았던 지나간 삶을 각성하면서 이제 곧 이승이라는 곳에서 버려질 자신을 돌아본다.

이렇게 '나의 자화상'을 마지막 한계로 삼아 이승의 세계를 관찰하는데, '시인의 자화상'은 이승과 저승의 접면이면서 이승의 것에도 저승의 것에도 속하지 않는, 욕망을 비워버린 상태에 이른다. 그것은 죽음이라는 저승이 이승에 도래했기 때문에 진정한 세계ー내ー존재를 인식할 수 있다.

시인은 "이 시는 나의 인생관이며, 내가 그렇게 내 인생관대로 일관해서 살아온 나의 긴 생애입니다. 오로지 변하는 것을 변하는 대로, 그 변하는 세상을 살아오면서 버리며, 버리며, 버려서는 안 되는 것까지 버리며, 철저하게 그 순수고독을 살아왔던 겁니다. 그러하다 보니 항상 나에겐 많은 텅 빈 하늘이 내 마음에 있었고, 넓은 빈 마음의 공간이 있었고, 빈 서재처럼 생각하는 것이 많았습니다."라는 전언과 함께 "나는 나의 존재로 하여 본의 아니게 상처를 주고, 아픔을 준 사람들도 있었습니다. 이별이지요, 서로 만나서 사랑을 하고, 서로 그리워하며, 그 어려운 만남(해후)과, 그 사랑과 그 애절한 그리움을 남긴 채, 헤어져야 하는 어쩔 수 없던 본의 아닌 작별, 그 이별이 얼마나 쓸쓸한 이별이었으랴. 그것마저 해야만 했던 나의 숙명의 인생이라는 여행, 그 예약된 알지 못했던 여행길, 나는 그걸 살아야 했던 겁니다."라고 현존재로서의 존재를 회고한다.

조병화(1921~2003)

출생지
경기도 안성

등단지
1943년 시집 『버리고 싶은 유산』을 발간하며 작품 활동을 시작

주요작품
『하루만의 위안』, 『패각의 침실』, 『인간고도』, 『사랑이 가기 전에』, 『서울』, 『밤의 이야기』, 『공존의 이유』, 『시간의 숙소를 더듬어서』, 『내 고향 먼 곳에』, 『남남』, 『안개로 가는 길』, 『나귀의 눈물』, 『해가 뜨고 해가 지고』, 『타향에 핀 작은 들꽃』, 『잠 잃은 밤에』, 『시간의 속도』, 『헤어지는 연습을 하며』 등이 있다.

파초(芭蕉)는 춥다
창호지 한 겹으로

왕골자리 두르고
삼동(三冬)을 난다.

받혀 올린 천장이
갈매빛 하늘만큼 하랴만

잔솔가지 사근사근
눈뜨는 밤이면

윗방에 앉아
거문고줄 고르다

이마 마주댄
희부연한 고샅길.

파초(芭蕉)는 역시 춥다.
시렁 아래 소반(小盤)머리.

박용례 「자화상」(1975)

시인은 자아의 공간을 '파초'로 최소화한다. 여름에 꽃을 피우는 "파초는 춥다"라고 자아와 대체된 '파초'를 통해 곤곤한 시인의 현실을 암시한다. 이 시공간은 '삼동'인데, 파초는 '창호지 한 겹'으로 쌓여 '여름의 왕골자리'를 두르고 있다. '창호지', '왕골' 등은 '여름'을 의미하며 '겨울'의 3개월, 즉 '삼동'과 대립적 관계에 놓인다. 시인은 여름의 파초를 통해 겨울을 견디기에 힘든 어휘로 병치함으로써 시인의 열악한 상황이 구체적 이미지로 현현된다. 대립적 조건은 '천장'과 '하늘', '윗방'과 '이마' 등으로 대조시킨다. 이 비관적 의식은 파초를 중심으로 '파초―시인'은 '겨울―암담한 현실'에 '꽃―결실'을 맺을 수 없다는 것을 드러낸다.

아무리 '좋은 윗방에 앉아 거문고'를 치듯 시를 쓴다고 해도, "희부연한 고샅길"처럼 뿌연 안개에 둘러싸인 골목에 함몰되어 있어서 "파초(芭蕉)는 역시 춥다"라고 낙담한다. 정체된 모순으로서 파초는 상징화되었으며 시인의 사상이 '파초'라는 존재에 '생명/사상'을 주입함으로써 현실적 거리를 두게 한다. 이것은 중립적인 정신적 기제로서 녹록지 않은 존재의 내면이 '파초'로 사물화되어 감정의 가치가 이동한 것이다. 시인이 현실의 긴장감을 더하기 위해 도구화한 존재의 장치물이다.

박용래(1925~1980)

출생지
충청남도 논산

등단지
1956년 『현대문학』에 「가을의 노래」, 「황토길」, 「땅」 등으로 추천받아 문단에 등단

주요작품
『싸락눈』, 『강아지풀』, 『백발의 꽃대궁』, 『먼바다』 등이 있다.

내 자화상은 이렇습니다

신장은 1m 78cm이고요

몸무게는 28, 9년 전부터 지금까지

53-54kg을 넘지도 내려가지도 않고요

가슴둘레는 81cm인데요

내가 알고 있는 의사들은 하나같이

의학적으로 비정상적인 몸이라 하더군요

이런 몸으로 살아가는 이것이

어쩔 수 없는 나의 자화상입니다

천상병 「나의 자화상」(1983)

시는 시적 사고와 산문적 사고로 존재를 드러내고 있다는 점에서 같으나, 그 방법에 차이가 있다. 시적 사고는 논리를 떠나 직관적인 사고에서 세계를 바라보고 존재를 계시하는 것이지만 산문적 사고는 논리를 방어하며 객관적 인식에서 세계를 바라보고 존재를 현시한다. 시인은 시적 사고로 허구적이고 비지시적인 언어로서 언어 이전의 대상과 교감할 수도 있고, 산문적 사고로 실재적이고 지시적인 언어로서 대상 그 자체와 자신을 조응할 수도 있다. 이때 대상과의 직관적 동일시와 자아와의 직접적 동일시가 일어나는데, 대상과의 직관적 동일시는 시적인 것이 되고, 자신과의 동일시는 산문적인 시가 된다.

이 시는 시인의 신체 '신장(1m 78cm)', '몸무게(53~54kg)', '가슴둘레(81cm)' 등의 산문적인 어조로 자신을 "비정상적인 몸"이라고 진실하게 드러낸다. 여기서 '의학적' 논리는 객관화된 요소를 발생시킴으로써 시인의 신체가 정상적인 범주를 벗어난 상태를 전하기 위함이다. 시인은 비정상인 "이런 몸으로 살아가는 이것이"야 말로 자신을 역설적으로 방어하며 '비정상적인 현실'을 '고통의 얼굴'로 바라볼 수밖에 없다는 사실을 드러낸다.

천상병(1930~1993)

출생지
일본 효고현

등단지
1952년 『문예』를 통하여 시 「강물」, 「갈매기」로 등단

주요작품
『새』, 『주막에서』, 『천상병은 천상 시인이다』, 『저승 가는데도 여비가 든다면』, 『요놈 요놈 요 이쁜놈』, 『나 하늘로 돌아가네』, 『괜찮다 괜찮다 다 괜찮다』, 『천상병 전집』 등이 있다.

날이 밝아 지구라는 곳.

풀 숲에 이슬방울.

이런 뼈대에 살붙이에

혈액형은 O형

얼굴의 지세학(地勢學)에 강진(强震)이 일어

두 조수(潮水) 사이에

예언의 균열이 팬다.

번뇌와 황홀이 남매 같고

기억과 욕망이 서로 도우며

풍향계를 읽는다

성찬경 「자화상」(1982)

양가성은 심리적으로 서로 대립적인 감정이 공존하는 현상이다. 요컨대 사랑과 증오, 복종과 반항, 쾌락과 고통이 그것이다. 상호 모순되지만 서로 전제되는 양가성은 심리학에서 금기와 욕망, 에로스(삶)와 타나토스(죽음), 사디즘(가학)과 마조히즘(피학) 등으로 나타난다. 본능의 차원에서 그것의 가치와 우위를 정하기에는 어렵지만 분열된 상태의 현상이다.

이 시에서 "날이 밝아 지구라는 곳"에서 벌어지는 상황을 지리학(지세학)적으로 살폈을 때, 해와 달의 인력에 의해 바다면이 높아졌다 낮아졌다 하는 '조수'의 '균열'을 통해 부드러운 것의 '약진'과 파괴적인 것의 '강진'이 공존하는 존재자의 나타남을 드러낸다. 이 양가성은 동전의 양면 같은 두 얼굴로 존재한다. '풀 숲/이슬방울', '뼈대/살붙이', '번뇌/황홀', '기억/욕망' 등은 대립해 있지만 '남매' 같이 한 뱃속에서 태어나 '서로 도우며' "풍향계를 읽는다"라고 이원론적 형이상학을 보인다. 시인이 사유하고자 하는 것은 자아와 세계 간 정신과 물질로 존재하며 공존하는 양면의 현존자를 읽어내는 풍향계가 되고 있다.

성찬경(1930~2013)

출생지

충청남도 예산

등단지

1956년 『문학예술』에 「미열」, 「궁」, 「프리즘」을 발표하며 등단

주요작품

『화형둔주곡』, 『벌레소리송』, 『시간음』, 『영혼의 눈 육체의 눈』, 『황홀한 초록빛』, 『그리움의 끝을 찾아서』, 『소나무를 기림』, 『묵극』, 『거리가 우주를 장난감으로 만든다』 등이 있다.

울음 끝에서 슬픔은 무너지고 길이 보인다

울음은 사람이 만드는 아주 작은 창문인 것

창문 밖에서
한 여자가 삶의 극락을 꿈꾸며
잊을 수 없는 저녁 바다를 닦는다

신경림 「자화상」(1969)

상 존재는 생성되고 소멸되는 길에 있다.

항상 존재는 생성되고 소멸되는 길에 있다. 그 길은 고정되어 있지만 '열림'과 '닫힘'으로 운동한다. 이러한 역학성은 열림과 닫힘 사이에서 움직이는 흐름이 된다. 이 시에서 길을 있게 한 것은 '울음'이다. 화자는 "울음 끝에서" 무너지는 슬픔 사이에서 길을 발견한다. 그렇다면 슬픔이 만들어 낸 울음은 길을 있게 한 동력이다.

이것을 화자는 "울음은 사람이 만드는 아주 작은 창문인 것"이라고 명명한다. '울음'은 '창문'과 치환되면서 화자의 관념을 형상화시킨 대체물이 되고, 청자는 시인이 만들어 낸 '창문'이라는 기호의 창을 통해 '울음'의 원인을 보여준다. 그것은 "창문 밖에서" '삶의 극락을 꿈꾸는' '한 여자'로 집약된다.

이 여자를 지금-여기 불러온 것은 화자지만 여자가 현실의 창문 밖에서 과거의 창문 안에 있는 화자를 보는 것같이 회화된다. 여자가 화자를 만나기 위해 "잊을 수 없는 저녁 바다를 닦"고 있다고, 아이러니한 접촉을 시도한다. 이 시는 울음이 소멸되는 자리에서 창문을 통해 길을 생성해 내고, 소멸된 여자와 다시 만난다. 그러므로 '울음', '길', '창문' 등은 닫힘을 열림으로 있게 하는 시적 환기구로서 현존재의 길을 밝혀준다.

신경림(1936~   )

출생지
충청북도 중원

등단지
1955년 『문화예술』에 「낮달」로 등단

주요작품
『농무』, 『새재』, 『새벽을 기다리며』, 『달넘세』, 『씻김굿』, 『우리들의 북』, 『가난한 사랑노래』, 『남한강』, 『쓰러진 자의 꿈』, 『우리들의 복』, 『저 푸른 자유의 하늘』, 『갈대』, 『어머니와 할머니의 실루엣』, 『목계장터』, 『뿔』, 『낙타』 등이 있다.

― 너는 장학사張學士의 외손자요

　　이학자李學者의 손자라

머리맡에 얘기책을 쌓아놓고 읽으시던

할머니 안동김씨는

애비, 에미 품에서 떼어다 키우는

똥오줌 못 가리는 손자의 귀에

알아듣지 못하는 말씀을 못박아주셨다

내가 태어나기 전부터

나라 찾는 일 하겠다고

감옥을 드나들더니 광복이 되어서도

집에는 못 들어오는 아버지와

스승 면암勉庵의 뒤를 이어

조선 유림을 이끌던 장후재張厚載 학사의

셋째 딸로 시집와서

지아비 옥바라지에 한숨 마를 날 없는 어머니는

내가 열 살이 되었을 때

겨우 할아버지 댁으로 들어왔다

그제서야 처음 얼굴을 보게 된 아버지는

한 해 남짓 뒤에 삼팔선이 터져

바삐 떠난 후 오늘토록 소식이 끊겨 있다

애비 닮지 말고 사람 좀 되라고

─ 비례물시非禮勿視하며

　비례물청非禮勿聽하며

　비례물언非禮勿言하며

　비례물동非禮勿動하며……

율곡栗谷의 『격몽요결擊蒙要訣』을

할아버지는 읽히셨으나

나는 예 아닌 것만 보고

예 아닌 것만 듣고

예 아닌 것만 말하고

예 아닌 짓거리만 하며 살아왔다

글자를 읽을 줄도 모르고

붓을 잡을 줄 모르면서

지가 무슨 연벽묵치硯癖墨癡라고

벼루돌의 먹때를 씻는 일 따위에나

시간을 헛되이 흘려버리기도 하면서.

그러나 자다가도 문득 깨우고

길을 가다가도 울컥 치솟는 것은

─ 저놈은 즈이 애비를 꼭 닮았어!

할아버지가 자주 하시던 그 꾸지람

당신은 속 썩이는 큰아들이 미우셨겠지만

─ 아니지요 저는 애비가 까마득히

올려다보이거든요
칭찬보다 오히려 고마운 꾸중을
끝내 따르지 못하고 나는 오늘도
종아리를 걷고 회초리를 맞는다.

* 勉庵 : 崔益鉉의 호
　　栗谷 : 李珥의 호
　　硯癖墨癡 : 문방사우에 빠지는 어리석음

이근배 「자화상」(2009)

인간은 '자기 존재' 발견을 지향하는 심리적 욕구가 있다. 원천적으로 '자아'를 찾기 위한 많은 매체 중에서 '가족'이라는 '혈연적 산물'로 자아를 탐구할 수 있다. '자기'를 생성한 '가족'은 나를 비추는 거울이면서 나를 반영하는 형상으로서 존재자를 존재 안에 있게 하는 것이다.

시인은 오래전에 돌아가신 외할아버지, 할아버지, 할머니, 어머니를 불러내면서 자아 정체성을 인식한다. 가족에 대한 끝없는 연민과 소중함을 통하여 자아의 각성과 내면을 성찰하게 된다. "너는 장학사張學士의 외손자요/이학자李學者의 손자라/머리맡에 얘기책을 쌓아놓고 읽으시던/할머니 안동김씨는 〈중략〉 알아듣지 못하는 말씀을 못박아주셨다." 시인은 자아의 정체성을 가족시로 완성시키는 과정 속에서 한층 성숙된 자아를 발견하고 시적 성취감을 통하여 아픔을 치유 받는다.

현재에도 마치 살아계시는 듯 "애비가 까마득히/올려다 보이고" 할아버지에게 "종아리를 걷고 회초리를 맞는다"고 하면서 남겨진 자로서 삶을 지탱할 수 있었던 것이다. 시인의 존재에 대한 탐구는 가족이라는 밀실에서 자아의 영역을 설정하고, 정신적·직간접적으로 스스로를 훈육하고, 보호하며 자기애의 욕망을 편철하고 있다.

이근배(1940~)

출생지

충청남도 당진

등단지

1961년 『경향신문』 신춘문예에 시조 「묘비명」이, 『서울신문』 신춘문예에 「벽」이 각각 당선되면서 등단

주요작품

『사랑을 연주하는 꽃나무』, 『노래여 노래여』, 『동해 바닷 속의 돌거북이 하는 말』, 『한강』, 『사람들이 새가 되고 싶은 까닭을 안다』 등이 있다.

전신이 검은 까마귀,
까마귀는 까치와 다르다.
마른 가지 끝에 높이 앉아
먼 설원을 굽어보는 저
형형한 눈,
고독한 이마 그리고 날카로운 부리,
얼어붙은 지상에는
그 어디에도 낟알이 보이지 않지만
그대 차라리 눈발을 뒤지다 굶어죽을지언정
결코 까치처럼
인가(人家)의 안마당을 넘보진 않는다.
검을테면
철저하게 검어라. 단 한 개의 깃털도
남기지 말고⋯⋯
겨울 되자 온 세상 수북이 눈은 내려
저마다 하얗게 하얗게 분장하지만
나는
빈 가지 끝에 홀로 앉아
말없이
먼 지평선을 응시하는 한 마리
검은 까마귀가 되리라

오세영 「자화상」(2006)

자아가 '까마귀'로 투사되어 주체적 존재로 탄생해 나가는 과정을 보인다. 자아는 굴절된 세계와의 소외를 겪는데, 까마귀를 이상적 존재로서 기표화하여 세계의 주체로서 자아를 재구성한다. 여기서 말하는 주체이자 욕망하는 주체로서 안착되는데, 까마귀라는 이미지를 감각화하여 주제의식을 강화시키고 있다. "전신이 검은 까마귀"는 분명 "까치와 다르다." 까마귀는 "마른 가지 끝에 높이 앉아" 먼 설원을 보는 '형형한 눈', '고독한 이마', '날카로운 부리'를 가졌다.

까마귀의 표상은 고독이라는 성에 갇혀 단절된 것이 아니라 사색으로서 세계를 "굽어보는" '눈', '이마', '부리' 등의 이미지로서 내면의 아우라를 자아내는 동시에 존재가 어떻게 실존하고 있는지에 대한 현존재 방식을 인식하게 한다. 그래서 까마귀는 "얼어붙은 지상에는 인가(人家)의 안마당을 넘보"는 까치와 분명히 대별된다. 까치와 같이 상황에 따라 "저마다 하얗게 하얗게 분장"하는 세계에 대한 반향을, 시인은 "빈 가지 끝에 홀로 앉아/말없이/먼 지평선을 응시하는 한 마리/검은 까마귀가 되리라"고 다짐한다. 이렇게 '자기 성찰'과 '번뇌'를 통하여, 세계에 대한 '단절'과 이상에 대한 '동경'이라는 사색을 거쳐 얻은 '고독한 존재'를 완성시키고 있다.

오세영(1942~)

출생지
전라남도 영광

등단지
1968년 『현대문학』에 시 『잠 깨는 추상』이 추천되어 등단

주요작품
『반란하는 빛』, 『가장 어두운 날 저녁에』, 『무명연시』, 『불타는 물』, 『사랑의 저쪽』, 『신의 하늘에도 어둠은 있다』, 『벼랑의 꿈』, 『적멸의 불빛』, 『봄은 전쟁처럼』, 『시간의 쪽배』, 『문 열어라 하늘아』, 『임을 부르는 물소리 그 물소리』, 『바람의 그림자』 등이 있다.

그는 혼자 제 등짝에 채찍질을 가한다

일몰과 땅거미 직전

박모의 때에 그는 남몰래 황금채찍을 꺼내 휘두르고는 한다.

사정없이 옥죄어 오는 서너가닥 새삼기생덩굴풀로

등이나 종아리를 철썩철썩 내려치며

동통을 온몸의 감각으로 수납하며

그가 이 시간 뒤늦게 지피려는 것은 감각의 잉걸불인가 어느 훗세상의 정신인가.

한시절 그의 혼은 가열하게 맑아서

위경(僞經)같은 별들에 가서 진위를 뒤지듯 말곳거리거나

살의 죄목들을 읽으려는듯 럭스 높은 줄등들을 내걸었다.

이제 치켜들린 그의 겨드랑이께

휑한 초라한 허공이 흉갑처럼 입혀져 있고

힘겹게 마음에서 풀어준 숱한 말의 새끼새들

고작 그의 우둠지께 가서 처박혀 있다.

매일 그는 그 시간에

등판에 허벅지에 동통을 내리찍으며

시간들이 쉴새없이 치고 넘어간

으깨진 시신들처럼

욕망의 설 마른 바늘잎들을 떨구고 섰다.

벗어 놓으면 언젠가 다시 젊어질

조막손만한 적요들을.

혼신의 기를 모아 서서

장자불와(長坐不臥)로 기대어 자며 깨며

생각의 새로운 수태를 기다리는

이 세속에서의 실성실성하는 숨은 어디쯤서 끝나는가

노란 새삼 기생덩굴풀로 현수포를 쓴 지빵나무
고사목 한 그루,
중세 고행자같이 제 몸과 마음을 치다가 쉬다가
졸다가 깨다가……

홍신선 「자화상을 위하여」(2002)

시간은 무엇인가를 연속적으로 가리킨다. 우리의 삶을 지탱하고 있는 시간은 명사가 아니라 동사다. 이 시간 속에서 움직일 때 날마다 세계와 상봉할 수 있으며 죽는 날까지 시간으로부터 해방될 수 없다. 사르트르식의 말을 빌리자면 '시간은 자유의 처단자'다. 우리는 다같이 시간을 중심으로 세계 안의 존재로 살아간다. 나락으로 떨어지지 않기 위해 세계에 밀착하고 온몸에 달린 촉수를 곤두세우고 있다. 그렇지만 실존하는 것의 내면은 얽히고설킨 실타래처럼 복잡하여 그것을 잘 들여다볼 수 없다. 다만 자아의 내부 세계가 외부 세계를 강제하고 조종한다는 사실만은 분명하다.

이 시는 외부 세계로 향하는 자아의 존재를 '기생덩굴풀'로 형상화하여 보여준다. 이 풀은 한해살이 덩굴풀로 나무에 기생하는데, 줄기에 달린 흡반으로 나무를 감고 올라간다. 인간은 이 풀처럼 '혼자 제 등짝에 채찍질을 가'하며, '박모의 때', 즉 저녁의 어둠 속에서 흡반을 이용하여 "등이나 종아리를 철썩철썩 내려치"기도 하고 "동통을 온몸의 감각으로 수납하며" 나아간다. 온몸의 감각은 '위경'같이 불확실한 삶과 '잉걸불'같이 다 타지 않는 육신을 살리는 힘이다.

이 풀은 주변 사물의 '겨드랑이', '초라한 허공', '우듬지' 등을 투과하기 위해 "등판에 허벅지에 동통을 내리찍으며" 살아간다. '기생덩굴풀'은 '장자불와'와 같이 밤낮 방바닥에 등을 대지 않고 한순간도 잠을 자지 않은 채 꼿꼿하게 참선을 하고 있는 "중세 고행자같이 제 몸과 마음을 치다가 쉬다가/졸다가 깨다가"를 반복하며 정진하는 '수행자'라는 사실을 깨닫는다. 우리는 고통스러운 현실에 적응하며 살아남기 위해 투신하는 존재의 드러남을 역학적으로 볼 수 있다.

홍신선(1944~　)

출생지

경기도 화성

등단지

1965년 『시문학』에 「희랍인의 피리」, 「비유를 나무로 한 나의 노래는」 등을 발표하며 작품 활동을 시작

주요작품

『서벽당집』, 『현실과 언어』, 『우리 이웃 사람들』, 『황사바람 속에서』, 『우연을 점 찍다』 등이 있다.

옛날의 솜씨 좋은 시인들은 시를 써
꽃나무 가지에 걸어 놓고
개울물에게 맡기고
새들한테 부탁하기도 했다

더러는 달빛에게도 주고
자기네 집 소 뿔 위에 꽃다발로 얹어주기도 하고
기르는 강아지 밥그릇에 슬쩍 넣어주기도 했다

그러나 솜씨가 떨어져도
한참은 떨어지는 나는
겨우 종이에 시를 쓰며 이렇게
한평생 살아갈 수밖에는 없는 노릇이다

나태주 「시인 1」(2004)

존재는 존재와 존재자의 '차연(différance)'되어진 것으로 '차이'와 '지연'을 사이에서 어떠한 의미를 개시한다. '숨은 존재'는 '현존재'를 통해 발견되는 것이다. 존재는 독립된 것이 아니라 세계라는 '현존재-안'에 있는 것으로서 '세계-내' 존재한다. 현존재는 언어를 통해 '세계-내 존재'를 개시하는 것이다.

이 시는 '현재 시인'과 '과거 시인'의 대비로 이원화되어 있는 것처럼 보인다. 화자는 "옛날의 솜씨 좋은" 시를 쓰는 '시인들'보다 "솜씨가 떨어"진다고, 옛날 시인을 통해 현재 시인의 열등감을 드러낸다. 이를테면 "꽃나무 가지에 걸어 놓고/개울물에게 맡기고/새들한테 부탁하기도", "더러는 달빛에게도 주고/자기네 집 소 뿔 위에 꽃다발로 얹어주기도 하고/기르는 강아지 밥그릇에 슬쩍 넣어주기도" 하는 뛰어난 감수성과 탁월한 상상력이 있는 옛날 시인에 비해 '솜씨가 한참은 떨어진다'는 존재감을 표출한다. 시인은 현존재-현재 시인을 통해 존재-옛날 시인을 드러내는 것이며, 이로써 현존재-안에 존재를 개시한다. "겨우 종이에 시를 쓰며 이렇게/한평생 살아갈 수"밖에 없는 시인의 운명을 가리키기 위해 '현존재'는 '옛날 시인'이라는 '본래 존재'를 불러와 '실존 존재'로서 자극을 받으며 '참다운 시인'의 길을 모색하게 된다.

나태주(1945~)

출생지
충청남도 서천

등단지
1971년 『서울신문』 신춘문예에 시 「대숲 아래서」로 등단

주요작품
『대숲 아래서』, 『막동리 소묘』, 『사랑하는 마음 내게 있어도』, 『빈손의 노래』, 『그대 지키는 나의 등불』, 『눈물난다』, 『산촌엽서』, 『쪼금은 보랏빛으로 물들 때』, 『물고기와 만나다』, 『꽃이 되어 새가 되어』, 『눈부신 속살』 등이 있다.

나는 과거의 풀들을 베어내
무덤을 만드는 사람
그 위로 검은 모자를 던지는 사람

역겹다, 역겨워, 깨어져 피 흘리는 술잔들로
오만한 미래를 짓이기고
그립다, 그립다 하며 뒤돌아보는 바람으로
소금기둥 만들어

빨갛고 노랗고 파랗고 하얀 사람들
무겁고 뚱뚱하고 홀쭉하고 가벼운 사람들
뒤틀리고 강퍅하고 쇠약하고 발칙한 사람들
착하고 눈물겹고 여리고 아련한 사람들
덕지덕지 서럽고 비열하고 병들고 늙은 사람들

모두, 모두에게
설탕에 절인 설탕보다 더 달콤한
소금기둥 속 설탕 그릇을 내미는 사람

비 내리는 이른 아침
갈 곳 없어 서성이는 사람들을 위해
하루 종일 공동묘지 활주로에서 기다리는 사람

매일매일 외로운 밥을 먹는 사람들을 위해
뜨겁고 강렬한 희로애락 믹서기에 갈아주는 사람

어제도 오늘도 내일도 없이
죽은 자가 남기고 간 건물 위에
새 집을 짓고
나에게 있는, 나만이 가진 재료로
날마다 지구를 돌고
지구 위에 남은 내 흔적을 지우는 사람

살기 위해 주먹을 쥐면
엉겨 붙은 피처럼 어둠이 손안에 가득한 사람
그 어둠을 내 몸처럼 아끼고 사랑하는 사람

죽어도 산 것 같고 살아도 죽은 것같이
너를 사랑하고 그런 눈으로 사람들을 바라보는 사람

온몸에 달린 창문으로 새들을 날려보내고
다시 돌아온 새들은 구워서 먹는 사람

언제나 배가 고파
神의 살과 피 꾸역꾸역 뜯어먹는 사람

천국과 지옥이 한줌 먼지처럼 너무나 공허해서
날마다 울부짖으며 천 갈래 만 갈래로 찢어져
마침내 죽는 사람

존재론은 존재본질의 탐구에서 비롯된다. 모든 '있는 것'은 '지금-여기' 현상으로 있고, '지금-여기' 있는 존재는 존재의 어떠한 '그 무엇'이고, '그 무엇'은 그 존재의 본질이다. 우리는 어느 시공간에서 어떤 무리 안에 거주한다. 무리 안에 없는 존재는 최소한 현상계에서 실존하지 않는 비존재다. 존재론은 사건 안 자연에서 물질을 바라보는 시선으로서 물질은 무엇이고 물질을 이루고 있는 실체가 무엇인가를 바라본다. 이 시는 '다중 존재'와 '순환 존재' 인식을 보인다.

"나는 과거의 풀들을 베어내/무덤을 만드는/그 위로 검은 모자를 던지는 사람"으로서 "빨갛고 노랗고 파랗고 하얀 사람들/무겁고 뚱뚱하고 홀쭉하고 가벼운 사람들/뒤틀리고 강팍하고 쇠약하고 발칙한 사람들/착하고 눈물겹고 여리고 아련한 사람들/덕지덕지 서럽고 비열하고 병들고 늙은 사람들"의 무리 안에서 존재한다. 이 수많은 군상 속에서 화자는 "소금기둥 속 설탕 그릇을 내미는", "뜨겁고 강렬한 희로애락 믹서기에 갈아주는", "엉겨붙은 피처럼 어둠이 손안에 가득한", "그 어둠을 내 몸처럼 아끼고 사랑하는", "다시 돌아온 새들은 구워서 먹는", "神의 살과 피 꾸역꾸역 뜯어먹는", "사람" 등 다중적으로 실존한다. 이 선과 악이 한 인격체에 공존하는 다중성은 다양한 무리 속에서 존재하기 위한 '순환적 존재방식'이며 "마침내 죽는 사람"으로서 존재 본질을 허무하게 매듭짓는다.

김상미(1957~)

출생지
부산

등단지
1990년 『작가세계』 여름 호에 「그녀와 프로이트 요법」 외 8편으로 등단

주요작품
『모자는 인간을 만든다』, 『검은, 소나기 떼』, 『잡히지 않는 나비』, 『아버지, 당신도 어머니가 그립습니까』 등이 있다.

한 그루 나무
세 갈래 가지친 한 그루 나무

한 갈래에는
새떼가 깃쳐 오르고
다른 갈래에는
메마른 검은 열매들

부러진 가지 하나는
그냥
허공에 걸어두었다

그러나 밑둥은 하나여서
땅을 떠나지 못한다

이지엽 「詩人」(2001)

하 이데거의 현존재는 내−존재방식을 말한다. 내−존재는 현존재로서 '현', '밝음', '밝힘'으로 여기에 현존한다. 내−존재는 세계−내−존재가 여기에 있다는 것을 보여준다. 따라서 현존재는 여기에서 저기를 향해 방향이 열리는 한 공간에 있다. 이것은 현존재의 개시성이며 존재의 본질로부터 벗어나 개별적이면서 현실적으로 실존하는 것이다.

이 시의 화자는 '한 그루 나무'에서 "세 갈래 가지친 한 그루 나무"를 본다. 세 갈래의 나무는 제각기 "한 갈래에는/새떼가 깃쳐 오르고", "다른 갈래에는/메마른 검은 열매들", "부러진 가지 하나는/그냥/허공에 걸어두었다." 여기에 나무는 저기로 각자 다른 나무 가지로 방향을 열면서 개별적 '현'으로 존재한다. 그리고 가지들은 '새떼가 앉은', '메마른 검은 열매가 열린', '부러진 채 허공에 매달린' 공간에 세계−내−존재가 어떻게 있는지 '밝음'으로 현현된다. 그러나 본질적으로 현존하는 세 갈래의 나무의 '밑둥은 하나여서' 현존재가 세계의 존재와 하나 되어 존재한다.

이러한 사유는 세계 내의 존재가 하나의 '뿌리'라는 형이상학에 기초하고 있는 듯하다. 시인이란 '이 땅을 떠나지 못하'는 세계−내−존재로서 '한 뿌리'라는 공간적 세계 안에 나란히 갈래를 치면서 존재하는 것을 '밝힘'으로 존재의 본질을 암시한다. 시인은 내−존재를 세계−내 존재하는 이 땅에서 시어라는 수분을 흡수하며 가지 친 '한 그루 나무'로서 세계−내−존재를 개시하고 있다.

이지엽(1958~　)

출생지
전라남도 해남

등단지
1984년 『경향신문』 신춘문예에 시조 「일어서는 바다」가 당선되어 등단

주요작품
『아리사의 눈물』, 『다섯 계단의 어둠』, 『해남에서 온 편지』, 『씨앗의 힘』, 『북으로 가는 길』, 『지하철 편지』, 『어느 종착역에 대한 생각』, 『사각형에 대하여』, 『신성한 식사』, 『그릇에 관한 영상』 등이 있다.

나는 먹구름이에요 지나가는 白雲 아니라

천둥 번개 한바탕 풀어 천지간에 터지는 꽃망울

나는요, 重重먹구름이에요 靑山 울리고 갈 소나기

홍성란 「자화상」(2008)

슬라보예 지젝은 이미지와 응시에서 동일시를 '상상적'인 것과 '상징적'인 것으로 구분한다. 이 관계는 이상적 자아(Idealich)와 자아 이상(Ich-Ideal)으로서 여기 있는 '구성된' 것과 여기 없는 '구성하는' 것을 말한다. 시인은 '여기 없는' 이상적 자아를 좇으며 자아 이상을 행간에 구성해 간다. 자아는 이상적인 대상과 동일시하면서 자신의 약점과 결점을 보이기도 한다.

1수로 된 이 시의 화자는 초장에서 "나는 먹구름이에요"라고 진술하며, 그것도 "지나가는 白雲 아니라"고, 여기서 먹구름과 백운은 대조를 이룬다. 먹구름은 천둥과 비를 감추고 있는 상징적인 것이지만 백운은 한가로운 경관을 보여주는 상상적인 것이다. 시인의 상징적 응시는 중장에서 "천둥 번개 한바탕 풀어 천지간에 터지는 꽃망울" 자신은 한바탕 터지고 마는 약점과 결점을 가진 존재라고 폭로한다. 그리고 종장에서 '나는요' 한 번 더 자신의 존재를 강조하면서 "重重먹구름이에요" 아주 무거운 그늘이 있지만 "靑山 울리고 갈 소나기"라는 점을 상기시킨다. 이렇게 먹구름과 자리를 바꿈으로써 섬광 같은 천둥과 소나기의 해갈을 보인다. 여기서 목마름을 해소하면서 '언어의 꽃망울'을 피게 한다는 이상적 미의식이 생긴다.

홍성란(1958~)

출생지

충청남도 부여

등단지

1989년 중앙시조백일장에서 장원하여 등단

주요작품

『황진이 별곡』, 『갈잎 흔드는 여섯 악장 칸타타』, 『겨울 약속』, 『따뜻한 슬픔』, 『바람 불어 그리운 날』, 『명자꽃』, 『백여덟 송이 애기메꽃』 등이 있다.

주름 가득한

더운 날 부채 같은

추운 날 난로 같은

미소에 잔물결 일고

대소에 밭고랑 생기는

바람에 강하고

물에 약한 창호지 같은

달빛 스민 빈 방의 천장 같은

뒤꼍에 고인 오후의 산그늘처럼

적막한

공책에 옮겨 쓴 경전 같은

이재무 「얼굴」(2011)

우리는 시간의 연속성에 불연속적으로 살아간다. 삶을 시간의 관점에서 이해한다면 다양한 존재방식에 의해 세계를 사유한다. 하이데거의 '존재와 시간'은 궁극적으로 인간의 본질로부터 퇴락한 실존을 끄집어 내고자 한다. 우리는 공동체 속에 살고 있지만 실제로 개별적으로 존재한다. 본질에 달라붙어 있는 과거와 미래의 상식을 파괴하고 잘못된 편견을 고지해 준다. 실존하고 있는 현존재는 세계에 몰입한 존재이며 스스로가 어떠한 목적을 위한 도구, 즉 용재자로 사용되고 있다는 점이다. 용재자는 세계 안의 내부적 존재로서 '배려'를 통해 형성된다. 현존재는 '내'가 '있음'이고, 그것이 '어떻게' '있음'이다. 하이데거의 존재와 시간은 '나'라는 존재가 '어떻게' '실존'하고 있는지를 보여준다. 인간의 '주름'은 갈라진 시간이 만들어 낸다.

시인은 구체적으로 "더운 날 부채 같은", "추운 날 난로 같은" 형상을 취하는데, 여기서 부채와 난로는 날씨에 반응하여 도구로 이용되는 용재자의 모습이다. 이 표정은 "미소에 잔물결 일고", "대소에 밭고랑 생기는" 삶을 잔물결, 밭고랑으로 표상한다. 이 시간의 표정은 "바람에 강하고", "물에 약한 창호지 같은", "달빛 스민 빈 방의 천장 같은" 모습으로 변주된다. 마지막 행에서 적막하게 "뒤꼍에 고인 오후의 산그늘"과 "공책에 옮겨 쓴 경전"으로 치환하면서 시인 내면에 '실존의 얼굴'이 어떻게 '현존'하는지 '개별적' 시어로서 보여준다.

이재무(1958~)

출생지
충청남도 부여

등단지
1983년 『삶의 문학』을 통해 등단

주요작품
『온다던 사람 오지 않고』, 『벌초』, 『시간의 그물』,
『위대한 식사』, 『몸에 피는 꽃』, 『섣달 그믐』, 『생의
변방에서』 등이 있다.

긴 꼬리를 끌며 사라지는 것들이 있다
또 한 명 인간의 죽음을 알리는 밤하늘의 불꽃

살아 있는 동안에는 꽃 못 피우다가
죽어가면서 마지막 빛을 뿌리는 존재

별똥별처럼 확실하게 살고 싶었다
폭력과 광기가 없는 세상에서

별똥별처럼 흔적 없이 사라지고 싶었다
공포와 전율로 충만한 세상에서

강풍 앞에서 꺾이지 않은 저 코스모스는
늘 밝은 얼굴이다 억지로 웃는 낯이다

주름 가득한 내 이마를 향해 질주하는
저들의 운명은 생 로 병 사

공간을 꿰뚫으며 시간을 초월하며 달려가는
저 별똥별의 목숨은 유한하거늘

이승하 「자화상」(2013)

우리는 태어남과 동시에 죽음을 향해 간다. 하나의 생명은 둘로 나눌 수 없으며 죽음에 도달하면 더 이상 삶을 연장하지 못한다. 현존재는 자신의 삶과 죽음, 시작과 끝이라는 존재와 시간 사이에서 기능한다. 그러나 죽을 수 있는 자만이, 아니 죽는다는 것을 아는 자만이 죽음에 대비하며 구원을 사유한다. 이 경우 죽음을 통해 불안한 세계를 인식하고 유한성으로부터 진리에 가닿기 위한 노력을 경진한다.

시인은 존재와 시간을 "긴 꼬리를 끌며 사라지는 것들이 있다"라고 시작과 끝을 보여준다. 특히 "인간의 죽음을 알리는 밤하늘의 불꽃"이라고 죽음과 동화하기도 한다. "살아 있는 동안에는 꽃 못 피우다가/죽어가면서 마지막 빛을 뿌리는 존재"는 '폭력과 광기', '공포와 전율'의 세계에서 "별똥별처럼 흔적 없이 사라지고 싶었다." 별똥별은 불안한 현실을 극복하고 존재의 빛에 가까이 갈 수 있는 죽음의 상징이다. 또한 우주와 세계를 연결해 주는 메신저로 작용한다. 대기권을 지나며 자신의 몸을 태우는 별똥별과 같이 "강풍 앞에서 꺾이지 않은 저 코스모스는" 별똥별의 다른 기호로서 "늘 밝은 얼굴이다 억지로 웃는 낯이다." 별똥별과 코스모스는 죽음을 반어적으로 환유한다.

인간의 전체성을 "주름 가득한 내 이마를 향해 질주하는/저들의 운명은 생 로 병 사"라고 정의한다. 죽음에 대한 물음은 시인 자신에서 시작되어 우주와 세계로 향했다가 '생로병사'라는 자신으로 끝난다. '인간의 유한성'은 시인으로 하여금 '존재의 진리'를 끊임없이 추구하게 만든다.

이승하(1960~)

출생지

경상북도 김천

등단지

1984년 『중앙일보』 신춘문예에 시 부문 「화가 뭉크와 함께」로 등단

주요작품

『폭력과 광기의 나날』, 『생명에서 물건으로』, 『뼈아픈 별을 찾아서』, 『백 년 후에 읽고 싶은 백 편의 시』, 『사랑의 탐구』, 『인간의 마을에 밤이 온다』, 『세속과 초월 사이에서』, 『공포와 전율의 나날』, 『불의 설법』 등이 있다.

PART 6

소쉬르의 기호학

시니피앙으로 말하는 시니피에의 진실

소쉬르의 기호학

우리는 문자를 포함한 상징(symbol), 도상(icon), 지표(index)로써 표현하고 다른 사람의 생각을 읽으며 소통한다. 자기 생각을 표현하거나 다른 사람의 생각을 읽어 내는 행위를 의미작용(signification)이라고 하며, 기호를 통해 서로 메시지를 주고받는 행위를 의사소통(communication)이라고 한다. 기호학에서는 이 둘을 합하여 기호 작용(semiosis)이라 한다.

소쉬르(Ferdinand de Saussure, 1857~1913)는 기호를 기표, 시니피앙(記表, signifiant)과 기의, 시니피에(記意, signifi)의 기호체계로 보았다. 언어 기호는 하나의 이름과 사물을 연계시키는 것이 아니라 하나의 개념인 기표와 청각 영상인 기의를 결합한 것이다. 우리의 정신 속에는 소리의 사전과 관념의 사전이 내장되어 있어서 말을 할 때면 그 두 개의 사전이 결합한다는 것이다. 이를테면 언어적 기호에 있어서 기표는 단어의 소리로서 청각적인 형태로 용어 사이에서의 차이이며, 기의는 의미되는 내용으로서 용어에 의해 개념화된 것을 말한다. 전자는 기호 형태이고 후자는 기호 내용이라고 볼 수 있는 바, 정리하자면 표시하는 것이 기표, 표시되는 것이 기의라고 할 수 있다.

이를테면 고유명사 '고양이'라고 발음하는 것과 실제 존재하는 '고양이'는 아무런 상관이 없다. 고양이를 야옹이 혹은 나비라고 부르든 그 존재 고양이는 변하지 않는다. 약속에 의해 고양이라고 지시했기 때문에 고양이는 고양이로 지시되는 것뿐이다. 이때 우리가 부르는 '고양이'는 기표이고, '고양이'라는 기표가 지시하는 실제 고양이는 기의가 된다. 이렇게 보면 기의 없는 기표는 아무런 의미가 없는 것이고, 기표 없는 기의는 존재하지 못한다. 우리가 사용하는 기호는 의미 작용과 의사소통을 전제로 하는 기호작용으로서 임의적이고 관습적일 수밖에 없다.

또한 구조적인 언어의 시스템을 '랑그(langue)'라고 불렀고, 때와 공간에 따라서 사람들마다 제각기 다르게 발화되는 이질적인 음성을 '파롤(parole)'이라고 하였다. 구조주의 언어학에서 사회적이고 체계적 측면을 랑그라고 하였고, 개인적이고 구체적인 발화의 실행과 관련된 측면을 파롤이라고 한다. 랑그와 파롤은 서로 상반되지만 서로 상호 보완적으로 작용하며, 파롤은 같은 내용의 언어가 사람마다 발화 행위에서 다르게 나타나며 이러한 다양한 파롤을 가능하게 하는 것이 랑그다.

언어는 의사소통을 위한 것이기 때문에 서로 공통된 규칙이 존재한다. 우리가 개별적으로 대화하는 것을 파롤, 공통된 문법이나 낱말들에 존재하는 서로 간의 규칙으로 고정적인 것을 랑그라고 한다. 예컨대 '잘해'라는 낱말을 랑그라고 말한다면 실제 상황, 발화자, 음성 등에 따라 '잘해'는 조금씩 다른 느낌과 다른 뜻과 다양한 의미를 줄 수 있는데 이를 파롤이라고 하는 것이다.

지나간 내 삶이란,
종이쪽 한 장이면 다 쓰겠거늘,
몇 짐의 원고를 쓰려는 내 마음,
오늘은 내일, 내일은 모레, 빚진 자와 같이
나는 때의 파산자다,
나는 다만 때를 좀먹은 자다.

언제나 찡그린 내 얼굴은 펼 날이 없는가?
낡은 백랍같이 야윈 내 얼굴,
나는 내 소유를 모조리 나누어주었다.

오랫동안 쓰라린 현실은 내 눈을 달팽이 눈같이 만들었고,
자유스런 사나이 소리와 모든 환희는 나에게서 빼앗아갔다,
오 나는 동기호테요 불구자다.

허나 세상에 지은 죄란 없는 것 같으되
손톱만한 재주와 날카로운 인식에
나는 가면서도 갈 곳을 잊는 건망증을 그릇 천재로 알았고,
북두칠성이 얼굴에 박히어 영웅이 될 줄 믿었던 것이 지금은 죄가 되었네,
그러나 칠성중의 미쟈(開陽星)가 코 옆에 숨었음은 도피자와 같네.

해밝은 거리언만, 왜 이리 침울하며
끝없는 하늘이 왜 이리 답답만 하냐.

먼지 날리는 끓는 거리로
나는 로봇같이
거리의 상인이 웃고, 왜곡된 철학자와 문인이 웃는데도,
나는 실 같은 희망을 안고,
세기말의 포스타를 걸고 나간다.

박세영 「자화상」(1943)

이 시는 초반부터 과거를 회한하면서 현재의 불안감을 보인다. 화자의 삶이 좌절된 것을 세계와의 조화를 이루지 못한 데에서 찾고 있다. 현재는 '빚'진 것이므로 다가올 미래 역시 '빚진 자'이다. 이 상실감은 자신을 파산자로 만들었고, 그것은 "오랫동안 쓰라린 현실"에서부터 왔다. 이러한 분리의식은 존재의 상실과 소외를 겪으면서 과거에서 현실로 진행되고, 자신을 '때의 파산자' 또는 '때를 먹은자'라고 말한다. 여기서 '때'는 기회주의자와 지식인을 의미하며 화자를 불순하고 속된 것으로 각성하면서부터 세계를 인식한다. 또한 타자에게 향했던 분노심과 증오심이 다시 자기를 향하게 되며 자기공격성을 드러낸다.

'내 소유를 모조리 나누어주었다', '세상에 지은 죄란 없는 것 같다', '현실은 내 눈을 달팽이 눈같이 만들었고', '자유스런 사나이 소리와 모든 환희는 나에게서 빼앗아갔다'라는 언술이 그것이다. 이러한 사회적 원인이 현실 부적응자인 '동기호테', '불구자', '도피자', '로봇' 등의 상징적 기표들을 생성하고 있다. 이것은 타자와 세계에 향해 있던 시인의 분노가 자기에게로 전향됨으로써 상징계의 유사한 기표로 대체된 것으로 보인다.

박세영(1902~1989)

출생지

경기도 고양

등단지

1331년 『카프시인집』에 단편 서사시 계열의 「누나」
를 발표하며 작품 활동을 시작

주요작품

『햇불』, 「해 하나, 별 스물」, 「빛나는 조국」 등이 있으
며, 북한의 「애국가」를 작사했다.

내 목이 가늘어 회의(懷疑)에 기울기 좋고,

혈액은 철분(鐵分)이 셋에 눈물이 일곱이기
포효(咆哮)보담 술을 마시는 나이팅게일……

마흔이 넘은 그보다도 뺨이 쪼들어 연애엔 아주 실망이고,

눈이 커서 눈이 서러워
모질고 사특하진 않으나,
신앙과 이웃들에게 자못 길들기 어려운 나--

사랑이고 원수고 몰아쳐 허허 웃어 버리는
비만한 모가지일 수 없는 나--

내가 죽는 날
단테의 연옥(煉獄)에선 어느 비문이 열리려나?

김현승 「자화상」(1957)

우리는 시인의 외모, 성격, 신앙, 사상 등 '실존'과 '존재'를 동시에 읽을 수 있다. 첫 연의 '목이 가는' 인상은 외계에의 관심과 의문에 대한 '회의'를 추구하는 시인의 심상이다. 시인은 외부에서 내부를 보게 되는, 실존인식으로서 존재를 성찰해 가는 과정을 보인다. 인식론에 근거한 외부로 향해진 물음은 내부의 자신으로 전향하여 의심함으로써 형상화된다.

시인은 '혈액은 철분이 셋이라면 눈물이 일곱'이라며 강하지 못한 성격을 혈액을 통해 은유한다. 시인의 혈액은 철분과 눈물의 비율로 이루어져 있는데, 철분과 눈물이 3 대 7이므로 눈물이 40%가 더 많다는 것이다. 그러나 시인은 이 눈물이 많았기에 사납게 울부짖는 '포효'가 아니라 '나이팅게일'처럼 '회의와 고독'을 노래하는 시인이 될 수 있었던 것이다.

시인의 성격은 '나이에 비해 더 늙어 보이는' 열등감과 '모질고 요사스럽지 않은' 착한 심상, '신앙에 잘 길들여지지 않는' 믿음, '큰 사람처럼 우두머리가 될 수 없고, 작은 일에도 그냥 지나치지 못하는' 소심하고도 집착이 강한 성격을 드러낸다. 그렇지만 시인에게 "내가 죽는 날"까지 무덤의 '비문'같이 창작한 '시'는 시인의 '눈물'에 다름 아니다. 이렇게 시인의 눈물은 '고독'이라는 '기표'로 '초월성'에 가 닿기 위한 '존재적 성찰'로서 '연약한 자아'를 청산하고 주체를 확립해 가는 '언어적 노력'이라고 하겠다.

김현승(1913~1975)

출생지

광주

등단지

1934년 교지에 투고했던 시 「쓸쓸한 겨울저녁이 올 때 당신들은」이 『동아일보』에 발표됨으로써 등단

주요작품

『옹호자의 노래』, 『견고한 고독』, 『절대 고독』, 『김현승시전집』, 『한국현대시해설』, 『세계문예사조사』 등이 있다.

분명히 입성인걸, 하염없이 앉은 이 몸
한 자락 하늘 끝에 머흐는 구름인걸
목숨이 잠시 입었다 벗어두고 가지만.

무엔가 목숨이란 빛도 꼴도 없는 그것
한 송이 꽃이랄까 한 알의 열매랄까
아늑히 미묘한 숨결, 숨겼던 집이랄까.

물로도 흙으로도 뒤집다 나타나다
굳은 채 돌이 되면 그 속에 갇히는 것
부르면 이름을 업고, 모양 지어 나오는 것.

김상옥 「몸」(2001)

.

플라톤은 인간의 영혼과 육체를 배와 선원의 결합으로 비유했다. 배에는 배와 독립적인 선원이 승선하고 있는 것처럼 육체에는 독립적인 영혼이 깃들어 있다. 영혼은 육체 안에서 고통, 허기, 갈증 등과 같은 감각을 느끼며 밀접하게 교감한다. 영혼과 육체는 혼합되어 일체를 이루고 있는 바, 영혼은 육체에 기거하며 육체는 영혼을 저장한다. 영혼과 육체는 결합된 하나이면서 독립된 둘이라고 할 수 있다. 영혼은 몸을 통해 감각하고, 육체는 영혼을 통해 지속된다.

이 시의 첫 수 초장에서 "분명히 입성인걸, 하염없이 앉은 이 몸" 영혼은 가볍지만 몸에 귀속(입성)되는 순간 영혼의 질량은 육체의 무게로 바뀐다. 육체에 저장된 영혼은 한 자락 하늘 끝에 머무는 구름처럼 한시적으로 위태롭게 살아간다. 또한 "목숨이 잠시 입었다 벗어두고 가"는 영혼은 보이거나 만져지지 않는다. "무엔가 목숨이란 빛도 꼴도 없는 그것/한 송이 꽃이랄까 한 알의 열매랄까/아늑히 미묘한 숨결, 숨겼던 집이랄까." 영혼은 색깔도 형체도 없지만 비유하자면 피었다가 지는 꽃이거나, 열렸다가 떨어지는 열매이고, 육체는 영혼을 숨겨온 숨결의 집이다. 마지막 수에서 "물로도 흙으로도 뒤집다 나타나다/굳은 채 돌이 되면 그 속에 갇히는 것" 한 번 육체에 갇힌 영혼은 자신의 의지와 다르게 떠도는 돌의 기행처럼 물과 흙에 떠밀려 살면서 누군가 "부르면 이름을 업고, 모양 지어 나오는 것"이라고, 제각각 기호로 이름 붙여진 몸을 말한다.

김상옥(1920~2004)

출생지

경상남도 충무

등단지

1938년 동인지 『맥』에 시 「모래알」, 「다방」 등을 발표하며 작품 활동을 시작

주요작품

『초적』, 『고원의 곡』, 『이단의 시』, 『의상』, 『목석의 노래』, 『먹을 갈다가』, 『삼행시』, 『향기 남은 가을』, 『느티나무의 말』, 『눈길 한 번 닿으면』, 『촉촉한 눈길』 등이 있다.

네 얼굴은 진리에 도달했다
어저께 진리에 도달했다
어저께 환희를 잃었기 때문이다

아아 보기 싫은 머리에 두툼한 어깨는
허위의 상징
꺼져라 20년 전의 악마야

손에는 무거운 보따리를 들고
가다가다 기침을 하면서
집에는 차압(差押)을 해온 파일오버가 있는데도
배자 위에 얄따란 검정 오버를 입고
사흘 전에 술에 취해 흘린 가래침 자국―
아니 빚쟁이와 싸우다 나오는 길에 흘린
침자국

죽어라 이성을 되찾기 전에

네 얼굴은 진리에 도달했다
어저께 진리에 도달한 얼굴은
오늘은 술을 잊은 얼굴이다

가구점의 문앞에서 책꽂이를
묶어주는 철쭉꽃빛 루주를 바른
주인 여자의 얼굴 —
그 얼굴은 네 얼굴보다는
간음을 상상할 수 있을 만큼
그렇게 조금은 생생하지만
죽어라 돈을 받기보다는
죽어라 돈을 받기 전에

김수영 「네 얼굴은」(1966)

시인의 '얼굴'은 진행형이며 동시에 미래이며 죽음의 형상이다. 현재와 미래라는 상반되는 얼굴을 가진 것들이 죽음 너머 미지의 영역에 놓여 있다. 시인이 포착한 얼굴은 정신분석적으로 파열되어 나타난다. "네 얼굴은 진리에 도달했다"고 하지만 그것은 "어저께 진리에 도달했"으므로 지금-여기 진리에 도달한 얼굴이 아니다. 술에서 깨어난 이성을 되찾은 얼굴은 진리의 얼굴과 결별한 상태로서 어제 확인한 진리일 수가 없다. 다만 어제 도달한 진리는 '가래침 자국', '침자국'과 같은 흔적으로 남아 있을 뿐이다.

"죽어라 이성을 되찾기 전에", "죽어라 돈을 받기보다는/죽어라 돈을 받기 전에"라는 역설은 이성으로서는 진리에 도달할 수 없다는 것을 암유한다. 이처럼 진리에 도달한 얼굴은 어제의 얼굴이며 현재의 것이 아니다. 주체가 지각하지 못하는 진리의 영역을 '얼굴'이라는 기표로 마주보게 함으로써 진리는 어느 대상에도 속하지 않는다는 의미를 생성하고 있다. 말할 수 있는 '도'는 '도'가 아닌 것으로 '진리'는 '말'로 말할 수 있는 기의가 아님을, 시인은 '분열'되거나 '파열'된 '모순적 언어'로서 시사해 준다.

김수영(1921~1968)

출생지

서울

등단지

1945년 『예술부락』에 시 「묘정의 노래」를 발표하며 등단

주요작품

「공자의 생활난」, 「가까이할 수 없는 서적」, 「아메리카타임지」, 「웃음」, 「이」, 「토끼」, 『달나라의 장난』, 「푸른 하늘을」, 「후란넬저고리」, 「강가에서」, 「거대(巨大)한 뿌리」, 「어느날 고궁을 나오면서」, 「엔 카운터지(誌)」, 「풀」, 『거대한 뿌리』, 『달의 행로를 밟을지라도』 등이 있다.

3할은 알아듣게

아니 7할은 알아듣게 그렇게

말을 해 가다가 어딘가

얼른 눈치 채지 못하게

살짝 묶어 두게

살짝이란 말 알지

펠레가 하는 몸짓 있잖아

뒤꼭지에도 눈이 있는 듯

귀뚜라미 수염 같은

그리고

절대로 잊지 말 것

넌 지금 거울 앞에 있다는

인식

거울이 널 보고 있다는 그

인식

김춘수 「시인」(1977)

우리의 관습화된 언어로는 김춘수가 말한 사물의 본질인 순수성에 갈 수 없다. 시인은 언어라는 도구로 자신의 감정이나 관념을 드러내지 않고 주관적인 대상의 이미지만으로 대상의 세계를 회화한다. 상투적인 상식은 철저히 배제하면서도 대상을 의미에 종속시키지 않고 의미를 극대화하는 것이 바로 김춘수 시의 순수성이며 무의미시다. 그의 시는 언어의 기표들이 만들어 내는 환상의 세계일 뿐 어떤 목적에 가려는 의도적인 실체가 아니다. 언어란 사용할수록 끝없이 원래의 의미에서 미끄러지고 차연된다고 믿는 것 같다.

이 시는 시의 의미가 3할에서 7할로 확산되기를 바란다. 방법적으로 독자가 알아듣게 시를 창작하다가 어느 순간 눈치 채지 못하게 의미를 살짝 감추어 버린다. 시의 의미를 행간에서 모두 보여주지 않음으로써 행간의 의미는 독자의 상상력으로 치환되며, 독자의 상상력은 행간에서 증폭된다. 이것을 국제올림픽위원회가 선정한 20세기 최고의 운동선수 '펠레'와 '귀뚜라미의 수염'에 비유한다. 펠레와 같이 뒤에도 눈이 달린 것처럼 방심하지 말고 노련한 페이스를 구사하고, 귀뚜라미 더듬이와 같이 촉각을 늘어뜨려 감각적인 시적 성취를 이룰 것을 충고한다. "그리고/절대로 잊지 말 것/넌 지금 거울 앞에 있다는/인식/거울이 널 보고 있다는 그/인식"은 시인을 비추는 '언어적 거울'이라는 시적 편력을 상기시키면서 세계의 '예민한 시선'에 긴밀하게 맞물려 있는 긴장감이 돋보인다.

김춘수(1922~2004)

출생지
경상남도 충무

등단지
1948년 『죽순 8집』에 시 「온실」 등을 발표하며 등단

주요작품
『늪』, 『기』, 『인인』, 『꽃의 소묘』, 『부다페스트에서의 소녀의 죽음』, 『타령조 기타』, 『처용』, 『김춘수시선』, 『꽃의 소묘』, 『남천』, 『비에 젖은 달』, 『처용 이후』, 『처용 단장』, 『서서 잠드는 숲』, 『의자와 계단』, 『시의 표정』, 『빛 속의 그늘』, 『오지 않는 저녁』, 『시인이 되어 나귀를 타고』, 『김춘수 전집(1권 시, 2권 시론)』 등이 있다.

거울 속엔 언제나 이 한 사람

눈을 감았다 떠도 거듭 이 사람이다

숙명적 권태와 이 낯설음을

「나」라고 이름하는가

나는 식민지의 아이였고

조국광복 그 천지개벽의 날에

오래 정들인 절망취미와 결별했다

항상 누군가를 연모하는 지병과

별달리 명성을 선망하는 허영심

그 한심한 열정의 터널을 지나왔다

남보다 늦은 사십대에야

감성이 일시에 만발하여

내가 달다 내가 지금 몹시 달다고

소리 없이 절규했고

삶의 고통과 삶의 황홀을

한 잔에 혼합해 마시면서

양분을 섭취했다

내면의 확충이 한껏 부풀어

다급한 민감성과 하나로 엮일 땐

도저히 감당이 어려웠고

그저 좀 심각하게

세상이 아름다울 때조차

감동의 위세에 시달렸다

막달라 마리아의 주님을

나의 주님으로 본받아 섬기면서

그녀의 심연이 웅대하고 너무나도 거인적이어서

내가 많이 초라했다

동시에 그것이
내 정신의 항구한 수원지이기를 희구했다
나의 미약한 신앙은 그나마도
내 안의 최고 가치인가 싶다
바라보면서
몰입하는 눈의 행복이
내 감관 으뜸의 환희였다
나의 감수성 이 하나가
쇠퇴 없이 오늘에 이르렀고
내일에 이어간다면
얼마동안은 더 영광스럽게도
내가 시인의 반열에 머물리라

김남조 「처음 써 보는 자화상」(2012)

거울에 비친 화자는 '한 사람'이지만 세계로 나아가면서 한 사람은 연속적으로 '반복'과 '변화'의 과정을 거친다. 반복과 변화는 과거의 '나'와 현재의 '나'의 반복이지만 과거와 현재의 변화를 통해 다름을 만들어 낸다.

1927년 화자는 '식민지의 아이'로 태어나 1945년 '조국광복'을 겪으며 절망과 고통 속에서 살아왔다. 시인은 '나'라는 기표와 '세계'라는 기의 속에서 내가 지워지면서도 소멸되지 않는 주체의 욕망을 보인다. 그동안 "누군가를 연모하는 지병과/별달리 명성을 선망하는 허영심/그 한심한 열정의 터널을 지나왔다"고 소고한다. 40대에 이르러 감성이 충만해진 화자는 자신을 '달다'라고 역설한다. 그것은 "삶의 고통과 삶의 황홀을" 맛보았기 때문이다.

그 후 화자는 감당되지 않을 정도로 이름을 떨치게 되지만 이러한 유명세는 오래가지 못한다. 조물주인 신 앞에서 각성한 화자는 기독교로 귀의하는데, "내 정신의 항구한 수원지이기를 희구"하면서 "막달라 마리아의 주님을/나의 주님으로 본받아 섬기"게 되는 것이다. 방황하던 화자는 그 속에서 '가치', '행복', '환희'를 느끼며 신앙인의 믿음을 가지고 머물기를 다짐한다. 시인은 '반복되는 나'와 '연속되는 세계'를 향유하다가 결국 '신앙'과 '결합'하면서 '불완전한 주체'는 신앙인이라는 기의로서 '새로운 주체'로 태어난다.

김남조(1927~   )

출생지
대구

등단지
1950년 『연합신문』에 시 「성수(星宿)」, 「잔상(殘像)」 등을 발표하며 등단

주요작품
『목숨』, 『정념의 기』, 『풍림의 음악』, 『겨울 바다』, 『설일』, 『동행』, 『빛과 고요』, 『저무는 날에』, 『문 앞에 계신 손님』, 『바람세례』, 『겨울꽃』, 『겨울사랑』, 『희망학습』, 『사랑초서와 촛불』, 『영혼과 가슴』, 『가난한 이름에게』, 『귀중한 오늘』 등이 있다.

내가 부른 노래
내가 부르지 못한 노래들이
우르르
불 켜들고 내달려오는
나일 줄이야
이 찬란한 후회가 나일 줄이야

고은 「자화상」(1997)

시인은 '기호'로 '노래'하는 사람이다. 이 '기호'는 '일상적 언어'와 다르다. 일상적 언어로서는 인간의 정서와 체험, 그리고 사상까지 표현한다는 것은 한계가 있다. 아마도 일상적 언어로 인간의 경험과 정서를 완전히 담아낼 수 있었다면 시는 존재하지 않았을 것이다. 또한 자신의 세계관을 언어로서 완전히 표현한다는 것은 불가능하기 때문에 음악, 미술, 무용 등의 장르 예술이 생기지 않았겠는가. 그러나 시는 다른 장르에 비해 시간에 효율적으로 대응하고 보편성을 가지고, 구체적이고 추상적인 '사고와 언어' 사이에서 표현하고자 하는 '진실'을 말한다. 시인은 '은유'와 '압축'이라는 '시적 언어'를 통해 '언어적 한계'를 극복할 수 있다.

1연 6행으로 된 이 시도 그렇다. 이 시는 시인이 "부른 노래"와 "부르지 못한 노래"를 노래한다. '부른 노래'는 표현된 것이지만 '부르지 못한' 노래는 의도적으로 표현하지 않은 것일 뿐이다. 대치된 현실에 대해 노래해야 할 것을 당당히 노래하지 못하고 '회피'한 '무의식의 언어'다. 그런데 어느 순간 그 언어들이 "우르르/불 켜들고 내달려오는" 것을 상상하면서 '현실 도피자'인 '나'를 깨닫고 '찬란한 후회'를 한다. 시인은 '무의식에 억압'되어 있던 '무의식의 기표'를 통해 '진실'하게 살지 못한 '내면의 얼굴'을 무의식적으로 노출시킨다.

고은(1933~)

출생지

전라북도 군산

등단지

1958년 『현대시』에 시 「폐결핵」이 추천을 받으며 문단에 등단

주요작품

『피안감성(彼岸感性)』, 『해변의 운문집』, 『신(神)·언어 최후의 마을』, 『문의(文義)마을에 가서』, 『입산』, 『새벽길』, 『조국의 별』, 시선집 『부활』, 『고은 시 전집』1·2권, 『만인보(萬人譜)』 등이 있다.

보기만 하리
누가 산울음 소리로
나를 불러도
귀를 막으리

땅에는 여름 숲 우거지고
동굴처럼 패여
소용돌이치는
저 궁창의 깊고 깊은
별과 달

누가 밤새도록 깨어서
거기 오색 빛깔 실어다가
퍼붓는 것을
눈만 뜨고 보리

날 부르는 소리
창자가 꼬여들어도
말하지 않으리
두 눈만 뜨리

이향아 「귀를 자른 자화상」(1989)

빈센트 반 고흐(1853~1890)의 '귀에 붕대를 맨 자화상'을 모티브로 시인의 자화상을 그렸다. 고흐는 불행히도 태어나기 1년 전 죽은 형의 이름 '빈센트'를 물려받았다. 그는 26살 나이에 가난한 화가로 입문해 10년간, 다양한 색채의 병치혼합, 색과 빛의 치열한 탐미적 미술세계와 독서와 편지를 쓰는 등 문학적 사색도 보여주었다. 고흐는 죽기 1년 전 친구 '고갱'과 싸우고 나서 자신의 왼쪽 귀를 잘라 창녀에게 주고, 정신병원에 입원하여 동생 '테오'에게 안부를 전하기 위해 붕대를 맨 자신을 그렸다. 이 초상화는 상처와 고통을 그대로 보여주며, 아픔에 굴복하지 않겠다는 창작에의 강한 열정을 그의 눈빛에서 느낄 수 있다. 그림은 백 년이 지났지만 고흐가 초상화를 통해 살아 있음을 색채에서 발견하게 한다.

시인은 색채를 "보기만 하리" 영혼의 빛을 포착하는 순간 고흐의 회화에 매료되어 고흐처럼 상실된 귀로 동화된다. "나를 불러도/귀를 막으리" 세상의 어떠한 아름다운 소리에도 귀를 막고 그림에만 집중한다. 백 년 전 "여름 숲 우거지고/동굴처럼 패여/소용돌이치는/저 궁창의 깊고 깊은/별과 달"을 보고 "밤새도록 깨어서/거기 오색 빛깔 실어다가/퍼붓는 것을" 보기도 한다. 그리고 "날 부르는 소리/창자가 꼬여들어도/말하지 않으리"라고 감탄한다. 고흐의 육신은 죽음으로 소멸되었지만 시간의 빛을 통과한 그의 정신－기의를 색채라는 기표로 색칠하고 있다.

이향아(1938~)

출생지
충청남도 서천

등단지
1966년 『현대문학』에 「찻길」, 「가을은」, 「설경」 등으로 등단

주요작품
『황제여』, 『물새에게』, 『강물 연가』, 『환상일기』, 『혼자 사랑하기』, 『아직도 기다리는 불빛 하나』 등이 있다.

내 그림에는
이태백의 달도

달빛에 젖은
피리소리도 없다.

완당이 가는 먹의
문기를 탐했으나

이따금 관념의 새만
산을 지고 나른다

김제현「나의 그림에는」(1990)

화가와 시인의 자화상은 다르다. '화가의 자화상'은 '표면의 얼굴'을 회화하지만 '시인의 자화상'은 '내면의 얼굴'을 형상화한다. 화가는 그림으로 재현된 이미지와 자신을 동일시하는 것이고, 시인은 기호로 구현된 이미지와 자아를 동일시한다. 그리하여 화가는 자기−실재에 근접하는 것이며, 시인은 자아−실체에 도달하는 것을 이상으로 한다. 시인은 시로서 자아의 이상세계와 세계의 현실세계에서 벌어지는 사건을 보여준다. 시는 타자 혹은 구성원들 간의 관계에서 비집고 나오는 욕망의 표현이 대체된 것이다.

자화상은 타인의 시선 아래 시인의 사회적 욕망이 표출된 기호 이미지일 뿐이다. 시인의 욕망은 대상을 찾아 나서는 '실재계', 즉 이상세계가 된다. 그렇지만 시인의 "그림에는/이태백의 달도//달빛에 젖은/피리소리도 없다"고 술회한다. 여기서 시인이 욕망했던 세계의 갈등을 발견할 수 있다.

중국의 명필가 이태백과 같이 아름다운 시의 피리소리를 내는 시인이 되고 싶었지만 좌절을 경험한다. 그리고 대상을 바꾸어 조선의 명필가 김정희의 "완당이 가는 먹의/문기를 탐했으나"라고, 이태백에서 김정희로 이동한다. '이태백−김정희'는 대상의 자리바꿈이며 욕망의 움직임이다. 주체는 '이상'이라는' 환상과 꿈'에 따라 자신을 형성하지만 주체는 환상과 꿈으로부터 멀어지게 된다. 결국 시인은 "이따금 관념의 새만/산을 지고 나른다"라고, 꿈과 환상에 가닿지 못한 허무의식으로 욕망의 한계를 보인다.

김제현(1939~　)

출생지

전라남도 장흥

등단지

1960년 『조선일보』 신춘문예에 시 「고지」가 당선
되며 등단

주요작품

『동토』, 『산번지』, 『무상의 별빛』, 『백제의 돌』, 『우물 안 개구리』, 『풍경』 등이 있다.

마음과 마음이
서로 닿지 않을 때
짐승들은 짧은 털이나마 곤두세워
끙끙거리고,

말과 말이 통하지 않을 때
짐승들은 짧은 귀나마 곤두세워
컹컹거리고,

하늘은 번개를 불러
지상의 눈들을 번쩍이게 하고
하늘은 천둥을 불러
지상의 귀를 깨우치고

돌멩이들은 시냇물을 시켜
돌돌돌 흐르게 하고
푸른 소나무는 바람을 시켜
솔솔솔 불게 하고

오직
시인은 녹슨 펜으로
세상을 흐리게 하는가.

안개뿐인 세상을
오직
시인은 안개만을 피우는가.

조태일 「시인은」(1987)

시 인의 무의식은 기호에 의해 의식화된다. 사회적 소통방식을 언어에 의존하듯이 언어가 시인을 사회적 존재로 있게 한다. 이 언어는 명확한 실체로서 자신을 인식하고 세계와 소통할 수 있게 해주는 도구다. 또한 언어에 의해 존재의 의미를 전달할 뿐만 아니라 존재와 존재를 구분해 준다. 언어는 존재하는 사물을 통해 상징화하기 때문에, 사물은 시인의 의식을 중개하는 매개체다. 이때 주체와 세계 간에 억압이 심할 경우 시는 증상으로 나타나고, 사물은 그 증상을 회화한다.

이 시의 '마음과 말'은 단절에 의한 '증상들', 즉 '억압'에 대한 '언어적 회귀'다. '마음은 무의식'이며, '말은 의식'으로서 '짐승', '하늘', '돌멩이', '푸른 소나무' 등은 '마음의 증상'을 '상징화하는 사물들'이다. 소통불능의 상태에서 '짐승들은' "짧은 털이나마 곤두세워/끙끙거리고", "짧은 귀나마 곤두세워/컹컹거리고", '하늘은' "번개를 불러/지상의 눈들을 번쩍이게 하고" "천둥을 불러/지상의 귀를 깨우치고" '돌멩이들은' "시냇물을 시켜/돌돌돌 흐르게 하고", '푸른 소나무는' "바람을 시켜/솔솔솔 불게 하고" 등 사물의 증상으로써 단절된 억압을 회복하려고 한다. 그러나 '시인은' "녹슨 펜으로/세상을 흐리게" 할 뿐만 아니라 "안개뿐인 세상"에서 "안개만을 피우는" 무능력한 존재로서의 세상과 단절되고 나약한 '시대의 자화상'을 재현하고 있다.

조태일(1941~1999)

출생지
전라남도 곡성

등단지
1964년 『경향신문』 신춘문예에 시 「아침 선박」으로
등단

주요작품
『식칼론』, 『국토』, 『가거도』, 『연가』, 『자유가 시인더러』, 『산 속에서 꽃 속에서』, 『풀잎은 꺾이지 않는다』, 『혼자 타오르고 있었네』 등이 있다.

한 오십 년 살고 보니
나는, 나는 구름에 딸이요 바람에 연인이라
눈과 서리와 비와 이슬이
강물과 바닷물이 뉘기 아닌 바로 나였음을 알아라.

수리부엉이 우는 이 겨울도 한 밤중
뒤뜰 언 밭을 말달리는 눈바람에 마음 헹구는 바람에 연인
가슴속 용광로에 불 지피는 황홀한 거짓말을
오오 미쳐 볼 뿐 대책 없는 불쌍한 희망을
내 몫으로 오늘 몫으로 사랑하여 흐르는 일

삭아질수록 새우 젓갈 맛 나듯이
때 얼룩에 쩔을수록 인생다워지듯이
산다는 것도 사랑한다는 것도
진실보다 허상에 더 감동하며
정직보다 죄업에 더 집착하여
어디론가 쉬지 않고 흘러가는 것이다.

나란히 누워도 서로 다른 꿈을 꾸며
끊임없이 떠나고 떠도는 것이다.
갈 때까지 갔다가는 다시 돌아오는 것이다.

하늘과 땅만이 살 곳은 아니다
허공이 오히려 살만한 곳이며
떠돌고 흐르는 것이 오히려 사랑하는 것이다.

돌아보지 않으리
문득, 돌아보니
나는, 나는 흐르는 구름에 딸이요,
떠도는 바람에 연인이라.

유안진 「자화상」(2007)

존재의 본질을 순화되지 않는 자연의 순환성과 역동성에서 찾아볼 수 있다. 시인은 '자연'에 주목하여 자연이 지닌 '무위'의 성질을 담아냄으로써 '우주의 근본'으로 향한다. '자아의 기표'로서 '자연의 언표'와 조우한다. 그것은 '존재의 우물'에서 '기표'라는 '두레'로 생명을 길어 올리는 것이며, 사물을 둘러싼 전체성을 통찰할 수 있는 방편이다.

"나는 구름에 딸이요 바람에 연인이라/눈과 서리와 비와 이슬이/강물과 바닷물이 뉘기 아닌 바로 나였음을 알아라"라는 '확고한 자아'를 태동하게 한 것은 '50년' 동안 삶의 직관에서 기인된 것이다. 이러한 시간은 "삭아질수록 새우 젓갈 맛"이라는 존재의 실상을 거시적 은유하며 "산다는 것도 사랑한다는 것도/진실보다 허상에 더 감동하며/정직보다 죄업에 더 집착하여/어디론가 쉬지 않고 흘러가는 것이다"라고 우주의 전체성을 보게 된다. "허공이 오히려 살만한 곳이며/떠돌고 흐르는 것이 오히려 사랑하는 것"이라는 것을 느낀다. 시인은 "한 오십년 살고 보니" 자연이라는 '정밀한 자아'의 관조로서 '현상 이면'에 시선이 놓이게 되는데, 이것은 끊임없는 '존재탐구'로 '성숙된 자아'로 거듭나게 되는 것이다.

유안진(1941~　)

출생지

경상북도 안동

등단지

1965년 『현대문학』에 시 「달」과 「별」, 「위로」 등으로 박목월의 추천을 받아 등단

주요작품

『달하』, 『절망시편』, 『물로 바람으로』, 『날개옷』, 『꿈꾸는 손금』, 『풍각쟁이의 꿈』, 『누이』, 『기쁜 이별』, 『봄비 한 주머니』, 『다보탑을 줍다』, 『거짓말로 참말하기』, 『알고』, 『지란지교를 꿈꾸며』, 『내 영혼의 상처를 찾아서』, 『종이배』, 『바람편지』 등이 있다.

나를

노엽게 하고

들뜨게 하고

굶주리게 하고

갑자기 나타나고

갑자기 사라지고

칼날이고

번득이고

숨막히고

머뭇거리고

머뭇거리며 다가오는 희망이고

머뭇거리며 다가오는 절망이고

말도 못하고

하루종일 문만 열고

그처럼 참을성 없는

나를 때리고 그처럼

참을성 없는 지구가

되게 하고

울부짖는 굴뚝보다

사라지는 연기가 되게 하고

절벽이 되게 하고

절벽 아래

바다가 되게 하고

마침내 나를

바다로 뛰어들게 하는

아아 그는 과연 누구인가?

이승훈 「그의 초상」(1991)

욕망은 필요한 것을 채우려는 욕구다. 우리에게 욕망의 대상은 충동의 대상이다. 결핍은 욕망을 있게 하고, 욕망을 드러내는 것이 충동인 것이다. 인간의 근원적 정서에는 잃어버린 대상으로 인해 결여, 결핍, 상실 등이 생기는데, 부재한 대상은 욕망을 통해 새로운 대상을 욕구한다. 이 욕망은 우리를 "노엽게 하고/들뜨게 하고/굶주리게" 하면서 욕망을 보충하려는 노력을 지속한다. 때로는 충동적으로 '갑자기 나타나' '갑자기 사라지'기도 하는 위협적인 '칼날'처럼 "번득이고/숨막히고/머뭇거리고" 있다.

시인은 이것을 "머뭇거리며 다가오는 희망이고/머뭇거리며 다가오는 절망"이라고 한다. 부재와 결핍을 채우려는 시인의 욕망은 '희망'과 '절망'을 오간다. 그러나 희망과 절망은 아직 오지 않은 상태이며, "하루종일 문만 열고" 있는 욕망과 허상에 지나지 않는다. 이 얼굴은 '참을성 없는' "나를 때리고" 있다고 충동성을 보인다. 그러나 욕망이 현실 속에서 얻을 수 있는 것은 대상의 '대체물'일 뿐이다. 이때 화자의 욕망은 '연기', '절벽', '바다' 등이 되어 "바다로 뛰어들게" 하지만 이것은 욕망을 충족하려는 '대상의 기표'이며, 이 기표는 다른 기표로 덧없이 여행을 하게 만드는 이른바, '욕망의 초상'이다.

이승훈(1942~　)

출생지

강원도 춘천

등단지

1963년 『현대문학』을 통해 등단

주요작품

『사물들』, 『당신들의 초상』, 『당신의 방』, 『길이 없어도 행복하다』, 『시적인 것도 없고 시도 없다』, 『너라는 환상』, 『밤이면 삐노가 그립다』, 『비누』, 『선과 아방가르드』 등이 있다.

웃어보려 해도
웃어보려 해도
웃음이 나오지 않아
거울 앞에 와서
물끄러미 바라보는
내 얼굴이여
평생이 한꺼번에
부끄럽구나

김형영 「거울 앞에서 2」(2005)

시어는 이미지로 자아를 드러낸다. 여기서 이미지는 자아의 반사성인 것과 동시에 자신을 인식하는 기호 체계다. 시의 자화상은 미술의 초상화처럼 붓 대신 기표로 대체된 것뿐이다. 자아(ego)는 기호(sign)로서 존재의 승인과 자기(self) 검열을 거치게 된다. 시인의 자화상은 언어를 통해 존재를 확인하거나, 표출하는 기재로 작용한다.

화자는 '시'라는 '거울 앞에서' 자아를 응시하고 존재 각성에 의해 타자와 구별되는 고유 정체성을 보인다. 그것은 시인이 인식하는 것은 무엇인가에 대한 물음이 되며 비로소 내면의 상(像)을 산출해 내는 것이다. 이 시의 언어는 시인을 비추는 거울이 되며 자아―인식―상에 도달하게 하는 매개체다. 즉 "웃어보려 해도/웃어보려 해도/웃음이 나오지 않아/거울 앞에 와서/물끄러미 바라보는/내 얼굴"은 웃고 싶지만 웃을 수 없는 세계와의 분리 의식이며 현실을 언어의 거울에 비춰 보는 것에 다름 아니다. 이러한 인식은 "평생이 한꺼번에/부끄럽구나"라고 자기 정체성―상(像)을 확립하는 좌표로서 주체화되어 가는 과정 속에서 존재의 가치와 의미를 부여 받는다. 시인의 거울은 세계에 비추어진 자신을 부끄러운 주체로서 발견하게 한다. 이 언어의 거울을 통해 끊임없이 '나는 누구인가'에 대한 해답을 구하는 근본적인 자아 탐구가 되는 것이다.

김형영(1945~)

출생지

전라북도 부안

등단지

1966년 『문학춘추』에 시 「소곡」이 당선되어 등단

주요작품

『침묵의 무늬』, 『모기들은 혼자서도 소리를 친다』, 『다른 하늘이 열릴 때』, 『기다림 끝나는 날에도』, 『홀로 울게 하소서』, 『낮은 수평선』, 『나무 안에서』 등이 있다.

바라보면 그 속에는
한 생명의 부조가 있다
흐린 망막 부은 두 볼
탈색한 겨울 상의
황량한 시간이 남긴
저 엄지의 이지러신 선.

언제부터 이런 모습을 나라고 믿었을까?
돌아서면 바람 부는 이승의 모퉁이에서
우연히 마신 술값으로 잠시 너를 맡기며 오며.

이우걸「주민등록증·1」(1996)

스스로 증명하지 못한 존재는 사회구조 속에 편입될 수 없다. 그것을 제시해 주는 것이 주민등록증이다. 우리는 최초 주민등록증을 발급하는 순간 권리와 의무가 동시에 발생된다. 주민등록증은 권한을 가진 '주체의 증명'이면서 의무를 가진 '통제의 증표'다. 누구나 제도권에 들어가는 조건으로 열 손가락의 지문을 찍으며 날인한다. 여기서 지장은 질서와 규정에 대한 다짐으로서 자유를 제도라는 기표 속에 편철하겠다는 기의가 담겨 있다.

화자는 주민등록증을 "바라보면 그 속에는/한 생명의 부조가 있다"라고 하며 자유를 박탈한 주민등록증은 죽음을 증명하는 기표다. "흐린 망막 부은 두 볼/탈색한 겨울 상의/황량한 시간이 남긴/저 엄지의 이지러신 선"이 그것이다. 화자는 자신의 영정을 드러내며 "언제부터 이런 모습을 나라고 믿었을까?"라고 의문을 제기한다. 그리고 "돌아서면 바람 부는 이승의 모퉁이에서" 주민등록증과 양립될 수 없는 자신을 통제라는 굴레에서 "우연히 마신 술값으로 잠시 너를 맡기며 오며" 분리시킨다. 우리의 육체는 제도권에 있지만 영혼은 속박할 수 없다는 기의를 담고 있다.

이우걸(1946~   )

출생지

경상남도 창녕

등단지

1973년 『현대시학』에 「이슬」을 발표하며 등단

주요작품

『지금은 누군가 와서』, 『빈배에 앉아』, 『저녁 이미지』, 『우수주의자의 여행』, 『그대 보내려고 강가에 나온 날은』, 『맹인』, 『지상의 밤』 등이 있다.

자벌레가
기어가면
한 오 분쯤
걸릴까

별과 별
사이에도 등이 파란
길이 있다

조그만
소년 하나가
말끄러미
쳐다보는,

유재영 「윤동주」(2009)

우리 주변에는 죽은 것처럼 사는 사람과 살아 있는 것처럼 죽은 사람이 있다. 죽어서 살아 있는 시인 윤동주는 28년 생애로 사망하기까지 장렬한 독립투사도 시인도 아니었다. 그러나 그는 지금 우리의 곁에서 가장 아름답고 사랑받는 시인으로 불리고 있는 것 같다. 정지용 시인은 그의 시집 서문에서 윤동주를 "부끄럽지 않고 슬프고 아름답기 한이 없는 시로 남아 있다"라고 했다. 이 슬프고 아름다움의 역설은 어디서 왔는가? 그의 소년기는 사방이 산으로 둘러싸인 북간도 명동 촌에서 14년 동안을 보내며 자연을 벗 삼아 시적 감수성을 키웠을 것이다.

그의 아버지 윤영석은 세 자녀의 아명을 '빛나라'는 뜻에서 '해', '달', '별'을 차례로 붙여주었다. 윤동주의 아명을 '해처럼 빛나라'는 뜻으로 해환(海煥)으로, 윤동주의 동생 일주에게는 달환으로, 갓난아기 때 사망한 막내에게는 별환으로 지어주었다. 이것은 윤동주의 유고 시집 『하늘과 바람과 별과 시』를 있게 한 원천이 되었을 것으로 추측된다. 그의 대표작 '서시'에 "하늘을 우러러 잎 새에 이는 바람에도 괴로워" 하며 "별을 노래하는 마음"으로 "모든 죽어가는 것들을 사랑"하며 '자신에게 주어진 길을 걸어가야겠다'라고 다짐한다. '서시'는 하늘과 바람과 별을 노래하며 죽어갔던 그의 영혼을 하늘에 뿌려 놓은 듯하다.

윤동주라는 기표를 통해 보여주는 1수로 된 위의 시를 보면 별과 별 사이를 자벌레처럼 기어가면 순간적으로 오 분 만에 별에 도달할 수 있다고 한다. 윤동주의 별을 노래하는 마음은 14세의 "조그만/소년 하나가/말끄러미/쳐다보는" 그 소년을 화자가 바라보고 있기 때문에 가능하다. 시인은 고독하고 우울한 현실을 '절망'에서 '희망'을 건너갈 수 있는 '빛나는 길'로 안내하고 있다.

유재영(1948~　)

출생지
충청남도 천안

등단지
1973년 『시조문학』에 「그후(其後)의 일기」가 추천되어 등단

주요작품
『한방울의 피』, 『네 사람의 얼굴』, 『지상의 중심이 되어』, 『고욤꽃 떨어지는 소리』, 『햇빛 시간』, 『절반의 고요』, 『와온의 저녁』, 『변성기의 아침』 등이 있다.

참고문헌

가스통 바슐라르, 곽광수 역,『물과 꿈』, 문예출판사, 1996.

가스통 바슐라르, 김병욱 역,『불의 정신분석』, 이학사, 2007.

김상일,『알랭바디우와 철학의 새로운 시작 1,2』, 새물결, 2008.

김성민,『융의 심리학과 종교』, 동명사, 1998.

루스 베리, 이근영 역,『30분에 읽는 프로이트』, 중앙 M&B, 2003.

마르틴 하이데거, 소광희 역,『존재와 시간』, 문예출판사, 2013.

박찬국,『하이데거의 존재와 시간 강독』, 그린비, 2014.

슬라보예 지젝, 김소연 역,『삐닥하게 보기』, 시각과 언어, 1995.

신구 가즈시게 지음, 김병준 역,『라캉의 정신분석』, 은행나무, 2007.

엘리자베스 라이트, 박찬부 역,『페미니즘과 정신분석학』, 한신문화사, 1997.

오형엽,『문학과 수사학』, 소명출판, 2011.

요하네스 페르, 최용호 역,『소쉬르 언어학과 기호학 사이』, 인간사랑, 2002.

움베르토 에코, 서우석 역,『기호학이론』, 문학과 지성사, 1996.

이무석,『정신분석에로의 초대』, 이유, 2006.

이승훈,『라캉으로 시 읽기』, 문학동네, 2011.

조셉 샌들러, 이무석 역,『안나 프로이트의 하버드 강좌』, 하나의학사, 2000.

지그문트 프로이트, 박찬부 역,『쾌락원칙을 넘어서』, 열린책들, 1997.

최순남,『인간행동과 사회환경』, 한신대학교 출판부, 1993.

칼 구스타브 융, 이은봉 역,『심리학과 종교』, 창, 2010.

칼 구스타브 융, 권오석 역,『무의식의 분석』, 홍신문화사, 2011.

페르디낭 드 소쉬르, 최승언 역,『일반언어학 강의』, 민음사, 2006.

프로이트. 지그문트. 박찬부 역, 『쾌락원칙을 넘어서』, 열린책들, 1997.

C.G 융, 설영환 역, 『C.G 융 심리학해설』, 선영사, 2007.

T. W. 아도르노, 홍승용 역, 『미학이론』, 문학과 지성사, 2009.